© 2024 Laetitia Paillard
Édition : BoD · Books on Demand GmbH, In de Tarpen 42,
22848 Norderstedt (Allemagne)
Impression : Libri Plureos GmbH, Friedensallee 273,
22763 Hamburg (Allemagne)
ISBN : 978-2-3225-1642-1
Dépôt légal : novembre 2024

Accident de Noël

Laetitia Paillard

À mes parents, qui ont su garder leurs âmes d'enfants…

Enfin, il neige…

Comme chaque année, j'attends ce moment avec impatience : Les premiers flocons ! Ils arrivent toujours comme ça, sans prévenir, timides et délicats, quand on s'y attend le moins.
Je les regarde tomber sans bruit, depuis la fenêtre de ma chambre d'hôpital.

Il est trois heures du matin et je ne dors pas. C'est calme. Juste les quelques pas des infirmières dans le couloir qui font leur ronde.

Je continue à regarder la neige qui tourbillonne dans la lumière des lampadaires. Je suis hypnotisée et peu à peu, je me souviens… Un an déjà, presque jour pour jour, que c'est arrivé.

Un an déjà que ma vie a définitivement changé. Tout avait commencé de la même manière que cette nuit : Quelques simples flocons de neige. Qui aurait pu imaginer ou même croire ce qui allait se passer alors ? Qui aurait pu prédire le plus incroyable des accidents…

Un accident de Noël…

Première neige

Enfin, il neige ! Comme chaque année, j'attendais ce moment avec impatience : Les premiers flocons. Ils arrivent toujours quand on s'y attend le moins, comme ça, sans prévenir…

De retour de la boulangerie je sens la magie qui commence. Au départ, je n'en suis pas vraiment sûre : ai-je bien vu ? Il faut dire que ces petites choses sont particulièrement discrètes.

Il n'y en a d'abord seulement deux ou trois, puis de plus en plus. Arrivée au niveau du parc, il y en a déjà des milliers qui virevoltent dans le vent. Les enfants qui jouent poussent soudain de grands cris : « Regardez ! Il neige ! » Et ils se mettent à sauter dans tous les sens comme des petits fous ! J'en ferais bien autant, mais les fameux petits fous me prendraient, à n'en pas douter, pour une grande folle ! A vingt-cinq ans, il y a des choses qui ne se font plus, c'est bien dommage !

Alors, je me contente de lever la tête vers le ciel, pour recevoir les flocons en plein visage. Tout doux, tout froids. J'essaie même d'en attraper quelques-uns. A peine le temps de contempler leur beauté, qu'ils ont déjà disparu dans le creux de ma main. C'est rageant ! Mais ce mystère fait partie de la magie. Et ça ne m'empêche pas de recommencer encore et encore, juste pour le plaisir d'essayer de posséder un trésor…

Il est seize heures. Je suis rentrée à la maison depuis un bon quart d'heure maintenant. Rien de tel qu'un bon chocolat chaud pour fêter l'arrivée de la neige, sans oublier une délicieuse brioche au sucre qui me narguait sur le présentoir de la boulangerie. Elle me ferait presque oublier sa désagréable propriétaire !

— On est gourmande, à ce que je vois ! Allez, c'est vrai qu'il n'y a pas de mal à se faire plaisir, surtout quand on est aussi mince que vous !

De quoi je me mêle ? Oui, je suis gourmande et alors ? Qu'est-ce qu'elle peut m'agacer cette madame Mitron ! Toujours un commentaire à faire sur quelque chose ou quelqu'un ! Et patati, et patata… Il ne faut vraiment pas être pressée quand on va chercher son pain ! Cette fois-ci, c'était au tour du nouveau vétérinaire d'alimenter les potins de la boulangère.

— Il a ouvert son cabinet la semaine dernière. Il vient à peu près tous les deux jours. Ça se voit qu'il vient d'la ville ! Il est très bien habillé et très poli. Et bel homme avec ça ! Mais il n'a pas l'air d'être marié par contre. C'est bizarre, il doit bien avoir dans les vingt-cinq, trente ans.

Et alors, moi aussi j'ai vingt-cinq ans ! On a le droit d'être célibataire quand même ! Peut-être que comme moi, son métier le passionne tellement qu'il n'a pas le temps de tomber amoureux.

— Mais, il a une espèce de chien pas très beau, qui n'a pas l'air très malin en plus, il l'attache devant avant d'entrer. La bestiole reste là, sans bouger, comme si elle était complétement idiote !

Elle est simplement obéissante, cette brave bête, son maître est vétérinaire, non ?

— Enfin, toujours est-il, qu'il n'est pas très bavard, un peu comme vous, finalement !

Elle finit sa phrase en éclatant de rire. C'est sûr qu'avec elle, on n'a pas vraiment l'occasion d'en placer une, ni vraiment l'envie d'ailleurs !

Bref, tout ça ne va pas m'empêcher de déguster ma briochette ! Mmmm, quel délice ! Il n'y a pas à dire : Le boulanger est aussi doué pour ses viennoiseries, que sa femme pour les commérages.

Je me rapproche de la fenêtre pour continuer à profiter du spectacle. La neige s'est intensifiée. Les flocons sont énormes. On dirait presque des morceaux de coton volant en l'air après une bataille de polochon. Le paysage commence à devenir blanc. « Tout s'étouffe et s'emmitoufle » comme le dit le poème.

Tiens, voilà les enfants qui filent en courant. Que se passe-t-il ? Ah, Je comprends. Monsieur Paul vient de sortir accompagné de son balai. La bête noire des gamins du village. D'ailleurs, ces derniers prennent un malin plaisir à le mettre en rage.

Monsieur Paul, c'est mon voisin. Nos deux maisons côte à côte, ont une vue magnifique sur le parc. Je ne sais pas son âge, mais il doit avoir dans les soixante-dix ans. Que faisait-il comme métier avant ? Je n'en ai aucune idée. A l'inverse de Mme Mitron, il n'est pas très causant, c'est le moins qu'on puisse dire ! Il est même, comment dire, un peu bourru. Oui, c'est ça. Il ne travaille plus en tout cas, et il passe son temps libre dans le parc à houspiller les gens qui ne respectent pas les règles, à ramasser les branches mortes, à arroser les plantes, même, quand les employés communaux sont trop occupés.

La spécialité de Mr Paul : faire de magnifiques tas de feuilles mortes, presque tous de taille identique, qu'il aligne méticuleusement sur le bord de la route, bien en vue de sa maison.
La spécialité des enfants : faire des concours de sauts dans les tas de feuilles de Mr Paul ! Il faut dire que c'est tentant !

C'est à ce moment-là que le « sorcier maléfique » comme ils le surnomment, sort en agitant son balai et en râlant après les chenapans qui détalent tels des lapins dans toutes les directions en se moquant de lui. Il est vrai qu'il n'a jamais réussi à en attraper un seul, même pas un petit ! Etrange, non ? Pas tant que ça !

Je l'aime bien, moi, ce vieux grigou. Ce petit manège m'amusant beaucoup, je l'ai souvent observé. Un jour, j'ai vu notre bonhomme qui regardait les saboteurs de tas de feuilles derrière la vitre. Je me suis dit que cette fois, il les avait pris sur le fait et qu'il allait bien leur faire peur !

Mais bizarrement, il a attendu que les enfants aient complétement détruit son travail avant de prendre son balai. Puis, il lança un dernier regard sur eux et, j'en suis sûre, je n'ai pas rêvé, un grand sourire illuminait son visage. J'en suis venue à me demander s'il ne faisait pas tous ces tas de feuilles exprès pour que les enfants se roulent dedans !

Avec moi, il a toujours été très gentil, même s'il garde son air un peu renfrogné, juste pour les apparences. Un jour que je le saluais, je lui ai dit qu'il pouvait m'appeler Lisa. Du coup, il m'appelle « Mademoiselle Lisa ». J'ai trouvé ça charmant, alors, je me suis mise à l'appeler « Monsieur Paul ». On se sent un peu plus comme des voisins depuis.

Bon, ce n'est pas tout ça, mais j'ai du travail ! Il faut que je m'occupe de mes petits loups, moi. Ils vont être excités comme des puces si cette neige tient jusqu'à lundi ! C'est un véritable événement, la neige, pour mes petits élèves ! Ils ont les yeux qui brillent. Déjà qu'on est à une semaine des vacances de Noël, cette fois, ils vont s'imaginer que le Père Noël sera là demain ! Cela ne va pas être facile de les faire patienter.

Tiens, si on faisait des guirlandes en flocons de neige pour décorer le sapin de la classe ? Allez, je me lance. Je vais chercher des modèles et en découper quelques-unes d'avance, pour qu'on en ait suffisamment. Au boulot Lisa !

L'accident

Oh là là... Les travaux manuels ! Heureusement que je n'ai pas des élèves de maternelles ! Je suis persuadée que mes Ce2 réussiront mes guirlandes mille fois mieux que moi ! D'autant que je viens de me réveiller sur l'une d'elle. D'ici à ce que j'aie un gros flocon dessiné sur la joue droite... Enfin, de toute manière, il n'y a personne pour me voir, c'est l'avantage d'être célibataire !
Il fait déjà nuit ! Il est temps de fermer mes volets.
Incroyable ! C'est une véritable tempête de neige dehors ! Je ne sais pas pendant combien de temps j'ai dormi, mais tout est déjà blanc ! D'ici demain, il y aura au moins cinq à dix cm au sol ! C'est tellement beau...
Bon, je crois qu'il est temps d'aller se coucher ! Mes guirlandes, contrairement aux vrais flocons, ne risquent pas de fondre et attendront bien demain.
« BOUM »

Mon Dieu, c'était quoi, ça ? On aurait dit un tremblement de terre !! Tout vient de trembler dans la maison. Je fais quoi ? Je me colle sous une table, je sors ? Je crois que je panique juste un petit peu. On va se calmer, là. On respire un grand coup et on réfléchit… Ça n'a duré que quelques secondes. Et le bruit venait plutôt du toit, comme si quelque chose venait de s'écraser sur ma maison.

Quelle heure est-il au fait ? 1 h 00. Je vais descendre. De toute façon, je suis déjà en bas du lit ! Rien d'anormal dans la maison…

Allez, Je prends mon courage à deux mains et je tente une sortie pour y voir plus clair. Façon de parler ! Il fait nuit noire dehors et ce n'est pas franchement très rassurant…

J'avance dans l'allée. Mais… On dirait qu'il y a quelqu'un qui s'approche. Oh misère… J'aurais dû me munir d'une arme. Je ne sais pas, moi, un parapluie, une poêle à frire, une raquette de tennis…non, c'est vrai, je ne joue pas au tennis…

Ça y est, je commence à m'habituer à l'obscurité. Il y a vraiment quelqu'un… Un homme, on dirait… assez costaud… avec un manteau rouge… Quoi ? Non, c'est une blague ? Me voilà en face… du Père Noël ? C'est une caméra cachée, ce n'est pas possible ! Le Père Noël, dans mon jardin, à une heure du matin… Je n'ai pas dû me réveiller, finalement, je nage en plein rêve !

— Oh ! Quelle chute ! Heureusement que votre toit n'est pas trop pentu, l'atterrissage aurait été un peu plus compliqué, si on estime que celui-ci était simple, d'ailleurs. Enfin, tout est une question de point de vue ! Oh, pardon, excusez-moi, ce choc m'a fait oublier la politesse, je crois ! Bonjour, Mademoiselle, je suis vraiment désolé pour le dérangement ! J'espère ne pas avoir fait trop de dégâts sur votre toiture !

— Ma toiture ? Des dégâts ? Mais avec quoi ? Qu'est-ce qui se passe ? Qui êtes-vous ?

— Je suis étonné que vous ne me reconnaissiez pas ! Je suis pourtant assez célèbre ! Enfin, je me présente : Santa Claus. Mais on m'appelle plus communément, Père-Noël. C'est l'appellation que je préfère, d'ailleurs ! J'ai bien peur d'avoir eu un léger accident de traineau. Votre toit a amorti ma chute. Je ne sais vraiment pas ce qui est arrivé, je dois dire. Les rennes sont d'habitude très prudents et les elfes avaient particulièrement bien vérifié le traineau ce matin. Vraiment, je ne comprends pas. Mais il y a toujours une explication de toute façon.

— Attendez une minute… Vous vous moquez de moi ? Un traineau ? Le Père-Noël ?

Bon d'accord, je suis d'un naturel assez naïf et j'ai beaucoup d'imagination. Mais là, il ne faut vraiment pas exagérer !

— Bon, écoutez, c'était très drôle (quoi qu'un peu angoissant tout de même) mais il est une heure du matin et j'aimerais aller me coucher, alors…

— Je suis vraiment désolé ! Je vais voir si mon traineau fonctionne et je ne vous dérange pas plus longtemps. Au revoir, Mademoiselle !

Incroyable ! Le voilà qui commence à contourner ma maison ! Il ne va quand même pas pousser le bouchon en faisant semblant de chercher un traineau fantôme ? On dirait bien que si !

De plus en plus bizarre, voilà que ce vieux bonhomme commence à tituber, à faire des zig-zags au milieu de l'allée. Il s'écroule par terre, les fesses dans la neige. Il faudrait quand même que j'aille l'aider, non ? Mais, je viens de m'apercevoir qu'il saigne au niveau du front. Je ne l'avais pas remarqué avant, la blessure était cachée sous sa capuche.

Bon, état des lieux : Il est une heure du matin, je vis seule et je n'ai même pas un caniche pour me protéger. Mais je ne vais tout de même pas laisser cet énergumène agoniser devant ma maison ?
— Allez, venez, je vais vous aider. On verra plus tard pour cette histoire de traineau. On va d'abord se mettre au chaud et s'occuper de cette blessure.
— Vous êtes bien aimable ! Merci beaucoup !

Ouh la ! On peut dire que le monsieur n'est pas vraiment léger, mais j'arrive tant bien que mal à rentrer à l'intérieur et à installer notre homme sur le canapé.

La blessure n'est pas trop grave. On nettoie tout ça avec un peu de désinfectant, on ajoute un petit pansement et le voilà comme neuf !
— Bon ! Trêve de plaisanterie ! Qui êtes-vous et où habitez-vous ?
— Je vous l'ai dit ! Santa Claus et je vis en Laponie.
— Vous avez bu ?
— Bien sûr que oui ! Comme avant chaque sortie, Mère Noël me prépare toujours un bon thermos de chocolat chaud pour tenir toute la nuit.

D'ailleurs, avec toutes ces émotions, je dois dire qu'il serait le bienvenu. Mais avec cet accident, je doute que je le retrouve intact !

— Bon, un chocolat, je peux encore vous en préparez un.
— C'est vrai ? Oh, ce serait adorable !
— Je reviens tout de suite.

Adorable, je ne sais pas, mais il fallait que je m'éloigne un peu pour réfléchir… Qu'est-ce que j'allais bien pouvoir faire ? Appeler la police ? Il n'avait vraiment pas l'air méchant, mais si c'était un malade d'Alzheimer qui s'était perdu ? Ou simplement un SDF qui aurait inventé cette histoire pour trouver un toit pour la nuit ? De toute façon, il ne pouvait pas rester là !

— Au fait ! Je pense qu'il serait préférable de cacher le traineau ! Si jamais un enfant le voyait ainsi, il pourrait penser que Noël est en péril ! Oh, merci ! Ce chocolat semble excellent !
— De rien. Vous allez aussi me faire croire que votre « traineau » a élu domicile dans mon jardin ? De mieux en mieux !
— J'ai été éjecté au moment où il touchait le toit, je n'ai donc pas vraiment vu où il atterrissait, mais je pense qu'il est tombé derrière la maison, effectivement !
— Oui, bien sûr ! Là, en ouvrant la fenêtre, je vais voir apparaitre le traineau rouge avec ses grelots, les coussins en fourrure et les rennes avec Rudolphe et son nez rouge !

Je commence vraiment à être exaspérée par ce vieux bonhomme. Il est tard, je suis fatiguée et j'ai beau avoir l'esprit de Noël, je ne suis quand même pas naïve à ce point ! Je vais lui clouer le bec une bonne fois pour toute ! Allez, on ouvre la fenêtre, les volets en grand et… QUOI ?

Réveillez-moi, c'est impossible ! Cette blague va un peu trop loin cette fois ! Tout ce que je viens de décrire se trouve là, devant mes yeux ! A un détail près : Il n'y a pas de renne !

— Rouge et vert, le traineau ! Les lutins trouvaient que ça donnait un air plus moderne. J'avoue que cela ne me déplait pas ! Et puis, un peu de changement de temps en temps, ça ne fait pas de mal, n'est-ce pas ? Quant aux coussins, c'est une très bonne idée ! Il faudra que j'en parle à la Mère Noël. Elle devrait pouvoir m'en confectionner de très jolis !

Le vieux barbu s'est approché de moi sans que je m'en aperçoive, tant je suis abasourdie par ce que je viens de découvrir ! Il faut que je m'assoie !

— Bon, écoutez… Je ne sais pas si c'est une caméra cachée, si on a voulu me faire une bonne blague ou si vous êtes tout droit sorti d'un asile de fous, mais s'il vous plait ! Ça a assez duré ! Dites-moi ce qui se passe. Ça ne me fait plus rire du tout !

Il s'assied doucement à côté de moi sans rien dire et toujours sans un mot, me prend les mains et me regarde fixement, droit dans les yeux. Ils sont incroyables, ses yeux ! Un océan de douceur, de tendresse et de malice, aussi. Non, il ne peut pas être méchant ou dangereux. Impossible. C'est un sentiment indescriptible…

— Je suis sûr que tu l'as toujours !
— Quoi donc ?
— Le cadeau de Noël de tes six ans.
— Je vous demande pardon ?

— Cette année-là, je crois que j'ai surpassé tous les pronostics avec cette peluche !

— Mais de quoi parlez-vous ?

— De « gros nounours » ! C'est comme ça que tu l'avais appelé, je crois ? Tes parents l'avaient commandé espérant qu'il remplacerait l'ancien tout fripé qui perdait peu à peu sa tête. Les lutins ont des détecteurs pour analyser les réactions des enfants devant leurs cadeaux, une sorte de service après-vente de Noël, si tu préfères. Quand un enfant est déçu, il envoie des signaux qui se traduisent par des nuages noirs. Quand il est heureux, on obtient des étoiles. Les réactions les plus étoilées et les plus nuageuses sont enregistrées et conservées dans nos fichiers. Cela nous permet d'avoir une idée des choses qui plaisent et des erreurs à ne plus reproduire pour les années suivantes.

Mais enfin, qu'est-ce qu'il est en train de me raconter ?

— Je me souviens de ta réaction quand tu as ouvert ce grand paquet et que tu as découvert ce grand ours en peluche avec son gros nœud rouge autour du cou… Une vraie pluie d'étoiles ! Tu étais si petite à cette époque qu'il était quasiment aussi grand que toi !

J'ai du mal à reprendre mes esprits… Il est impossible que quelqu'un d'autre que moi sache cela, mis à part ma mère ! C'est vrai que cet ours était sans doute mon plus beau cadeau de Noël. Et il connait même le nom que je lui avais donné : « gros nounours ». Bon d'accord, je ne m'étais pas foulée ! Mais je n'avais que six ans après tout… Il faut que j'en ai le cœur net.

— Et l'autre peluche ?

— Au grand désespoir de tes parents, tu as insisté pour la garder. Jeter une peluche, c'est tout simplement inconcevable pour toi !

— Oui… Et maman…

— Ta maman lui a fabriqué une sorte d'écharpe rouge pour lui maintenir la tête !

— Alors… c'est vraiment vrai, vous… tu…. es vraiment … le Père Noël ?

— Bien sûr ! Qui veux-tu que je sois ? Le Saint Nicolas ?

Je ne sais vraiment plus où j'en suis… Je ne vais quand même pas croire ça ! Et pourtant…toutes ces choses qu'il a dites… et ce regard, cette sensation…Cela fait beaucoup pour la soirée.

— Bien ! On va faire un marché : Je vous donne de quoi dormir sur mon canapé. Si demain je me réveille et que vous êtes toujours là, on verra comment se dépatouiller avec cette histoire de traineau.

— D'accord, mais le traineau, justement, il est toujours bien visible dans le jardin !

Ça commence à ressembler davantage à un cauchemar qu'à un rêve…

— Je crois que j'ai une bâche dans le garage pour couvrir le bois. On va la mettre sur le traineau. Ensuite, dodo ! On aura les idées plus claires demain matin. Tout du moins, je l'espère…

— Bonne idée ! Allons-y !

Bienvenue Père Noël

Quelle nuit ! J'ai l'impression de n'avoir dormi que quelques heures… Et puis, ce rêve ! Etrange, merveilleux même ! Rencontrer le Père Noël par accident, ce ne serait pas fantastique ?

Enfin ! Retour à la réalité ! Mais cela paraissait tellement vrai…

C'est quoi cette odeur ? On dirait… Des crêpes ? Oui, c'est ça, ça sent les crêpes ! D'où cela peut-il bien venir ? Je vais enfiler mon peignoir avant de descendre pour en avoir le cœur net.

Si j'étais un peu endormie en arrivant au bas des marches, le réveil est direct ! Nom d'une cacahuète !! Le vieux bonhomme de mes songes est là devant moi, dans son pantalon rouge à bretelles ! Manque juste la pèlerine qui trône justement bien en vue sur mon canapé !! Je n'avais donc pas rêvé hier ?

Je me remémore en vitesse accélérée les événements de cette nuit. Il n'y a plus de doute possible. Bien que ma raison me serine que tout cela est complétement impossible, il faut se rendre à l'évidence : C'est le seul, l'unique, le VRAI Père Noël qui se tient là, devant moi dans ma cuisine et qui est en train… de faire des crêpes ?

— Ho, ho, ho ! Bonjour, petite Lisa ! J'aurais bien préparé un bon pain d'épices, mais Mère Noël refuse de partager sa recette avec qui que ce soit, sa cuisine non plus d'ailleurs ! Mais entre nous, avec le lutin Gaspard, qui est aussi gourmand que moi, on arrive à s'y glisser parfois la nuit, et on a fini par élaborer une recette de crêpes dont, je dois dire, nous sommes plutôt fiers ! Une petite dégustation ? »

Pas un mot ne sort de ma bouche ! Je crois que je suis devenue muette ou hypnotisée, un truc dans le genre… Il faut que je m'assoie ! Tiens, je vais prendre une crêpe, ça me donnera au moins une certaine contenance ! Mais je n'arrive toujours pas à le quitter des yeux !

— Ah ! N'oublions pas l'essentiel ! Le chocolat chaud ! »

Ben oui, évidemment, pardi, il a aussi fait du chocolat chaud !!

— Allons, allons, pourquoi me regardes-tu comme ça ? On dirait que tu n'as jamais vu le Père Noël ?

— Ben… non ! Enfin… si ! Enfin… non ! Je ne sais pas, je… je… J'en ai vu plein des Pères Noël, mais pas…. Le vrai !

Je n'en reviens pas de ce que je suis en train de dire ! Voilà que je me mets à croire au Père Noël !!

— Et pourquoi donc n'y croirais-tu pas ?

— On m'a tellement dit qu'il n'existait pas, que j'ai fini par y croire… Ou plutôt, à ne plus y croire…

Et puis, dans la rue, on en voit tant et de si différents… difficile de ne pas s'embrouiller !

— Bien sûr que certains ne croient plus en moi et c'est bien triste ! Noël, c'est de la magie dans le cœur et quand cette magie, pour une raison ou pour une autre vient à s'éteindre, je disparais un peu, voir complétement… Elle est souvent remplacée par de la tristesse et, curieusement, les gens ont tendance à vouloir partager cette tristesse, comme si, de cette manière, elle serait plus facile à supporter. Mais la magie aussi, ça se partage ! Et il reste toujours un peu d'elle dans chacun de nous ! Il suffit de trouver le petit secret pour la réactiver.

Il m'envoie un clin d'œil avec ses grands yeux bleus. Ces yeux-là ne peuvent pas mentir !

— Pour ce qui est des « Pères Noël », oui, il y en a beaucoup, c'est vrai, et je te le confirme, ce n'est pas toujours moi ! Ho, ho, ho ! Les lutins scientifiques n'ont pas encore réussi à me dédoubler. Il faut croire que je suis inimitable ! Ils ont bien tenté une expérience, une fois, sur un lapin ! Mais… Comment dire… cela n'a pas été vraiment… très concluant ! Même plutôt assez… étrange, on va dire ça comme ça ! Enfin, ça n'a pas été perdu ! Ces lapins complètement intenables ont fait un tabac auprès des enfants !

— Tu veux dire que… les lapins crétins … ?

— Oui ! C'est comme ça qu'on les appelle, c'est vrai ! Un simple accident de programmation ! Mais en ce qui concerne les Pères Noël, ils le sont tous ! Même si ce n'est pas moi ! Le rôle d'un Père Noël, c'est avant tout d'apporter du bonheur, de l'espoir, de la joie, du rêve et … de la magie ! C'est exactement ce qu'ils font, non ? Il y a donc un peu de moi dans chacun d'eux ! Je ne peux malheureusement pas aller voir tous les enfants du monde avant Noël ! Et puis, il y a trop de travail au Pôle Nord à cette époque. Mais parfois, je prends une petite pause et je me rends en personne dans les fêtes de Noël. Il est donc possible que certains enfants aient croisé le vrai Père Noël au détour d'une cabane à chocolat chaud ! Toi aussi peut-être !

— C'est possible, je ne sais pas, j'ai pensé plusieurs fois que c'était le vrai, enfin, je veux dire, que c'était toi !

— En tout cas, on peut dire qu'aujourd'hui, tu peux en être sûre ! Ho, ho, ho !

Ça pour le coup… je compte bien en profiter pour élucider quelques mystères…Après tout, c'est pas tous les jours qu'on a le Père Noël sous la main ! Je n'en reviens toujours pas de ce que je suis en train de penser.

— Mais, pour mon ours ? Comment tu as su ? Tu te souviens de tous les cadeaux que tu as apportés à chaque enfant ?

— Oh que non ! Ce sont les enfants qui s'en souviennent ! Il me suffit de toucher quelqu'un et de le regarder dans les yeux pour que son cœur me parle à l'oreille. Simple et efficace ! Mais, comme je l'ai dit, tout est aussi enregistré dans des fichiers au Pôle Nord !

—Et la liste ? Elle sert à quoi ? Force est de constater qu'on n'a pas toujours ce qu'il y a dessus !

— Chaque lettre est d'abord reçue à mon secrétariat. Puis, on passe la liste dans une machine très élaborée. J'avoue que cette fois-ci, les lutins ingénieurs ont été particulièrement formidables ! Avant, on faisait avant tout ce travail à la main, avec des lutins possédant une sensibilité particulière. Bref, maintenant, tout est automatique : Les objets de la liste que nous avons en stock et que l'enfant mérite, bien entendu, sont éclairés par une lumière dorée. Mais parfois, il y a une petite étoile qui apparait sur un autre cadeau auquel il n'avait pas pensé, mais qui lui plairait à coup sûr ! Et voilà, dans ce cas-là, on n'hésite pas ! Les surprises, c'est tellement plus sympa ! N'est-ce pas ? »

C'est incroyable, il a réponse à tout ! Si j'avais encore un doute…
— Bon, puisque je vois que tu n'as pas laissé une seule de mes délicieuses crêpes, et si tu n'as plus d'autres questions, que dirais-tu qu'on s'occupe de mon traineau ? Mais je crois qu'avant, il faudrait t'habiller un peu plus chaudement…

Dans ma chambre en train d'enfiler un jean et un gros pull en laine, je fais le point sur tout ce que je viens d'entendre… C'est tellement fou ! Et pourtant… Tout ce qu'il m'a dit devient si logique : Les faux Pères Noël, les cadeaux, les lettres… Comment ne pas y croire pour de bon cette fois ?

Mais s'il a réussi à me convaincre, je ne suis pas persuadée qu'il puisse en être de même pour tout le monde ! Il vaut sans doute mieux que je garde tout ça pour moi ! Oui, mais voilà : j'ai un traineau dans mon jardin ! Sous une bâche, certes, mais connaissant les petits curieux du quartier, il n'est pas impossible que l'un d'entre eux vienne glisser un œil indiscret ! Et je dis quoi, moi ? J'explique comment la présence d'un traineau sur ma pelouse ?

— Bonjour, Monsieur ! Comment allez-vous ? Je me présente ! Le Père Noël ! Quelle belle journée, vous ne trouvez pas ?

Oh non, non, non ! À qui est-ce qu'il est en train de parler ?? Un peu plus et je me retrouvais les fesses en l'air avec un beau bleu tellement j'ai dévalé les escaliers rapidement ! Et voilà mon bonhomme rouge nez à nez avec un Monsieur Paul médusé qui tient dans les mains un magnifique renne en bois sculpté. Il faut que j'intervienne, et vite !

— Jean… Noël… ! Mon oncle… du… Nord ! On le surnomme « Père Noël » du coup ! Amusant, non ?

Je suis crédible, là ? Pas sûre ! mais c'est tout ce qui me passe par la tête, là, maintenant. Quelle galère !!

— Bonjour Monsieur Paul !

— Bon… Bonjour, Mademoiselle Lisa, je voulais juste…déposer…

— Oh ! Mais quel magnifique travail !! C'est vous qui avez sculpté ce renne ?

La figurine de Noël de Monsieur Paul ! J'avais oublié ! C'est devenu une tradition entre nous.

Un jour, je voulais lui apporter mes fameux petits gâteaux de Noël, comme ça, par gentillesse envers mon voisin. Seulement, il n'était pas chez lui. J'ai donc déposé les biscuits devant sa porte avec un petit mot lui souhaitant de bonnes fêtes.

Un ou deux jours plus tard, je trouvais devant ma propre porte une magnifique figurine en bois sculpté : un ange ! Il y avait également un petit mot qui disait simplement « merci ».

C'était adorable ! Depuis, chaque année, mes petits gâteaux se transforment en une nouvelle figurine qui vient orner le bord de ma cheminée : l'ange, le sapin, le lutin et cette année, le renne. Mais il a beau tout faire pour me les déposer discrètement, cette année, c'était sans compter sur « Tonton Jean Noël » !! Ce qu'il ne faut pas inventer tout de même…

— Il ressemble beaucoup à mon renne Eclair !
— Ah ah ! oh oh ! Ne l'écoutez pas, il ne peut pas s'empêcher de plaisanter ! Chaque année il nous joue le rôle du Père Noël à cette époque ! Un chien ! C'est le seul animal qu'il a en réalité, hein tonton ?
— Euh… pas tout à fait, j'ai aussi…
— Un poisson rouge ! Oui, j'avais oublié ! Rudolphe, le poisson rouge ! C'est ça ! C'est vraiment tout ! Pas de renne, pas de lama, pas d'éléphant non plus ! Un chien et un poisson rouge ! voilà, voilà !

Je vais frôler la crise cardiaque. Je commence à raconter n'importe quoi ! Est-ce qu'en lui faisant mes gros yeux il va finir par comprendre qu'il doit se taire ? Tentative d'ouverture de la bouche, regard rayon laser ! Oui, c'est bon, je crois qu'il a compris !

— Bon et bien, j'ai du travail, je vais vous laisser en famille.

— Merci encore Monsieur Paul ! Je vais bientôt me mettre aux petits gâteaux.
— Je m'en régale d'avance ! Au revoir, Mademoiselle Lisa.
— Au revoir !
Ouf ! Porte fermée ! Il faut que je reprenne mes esprits !
— Tonton Jean ?
— Qu'est-ce que tu voulais que je dise ? « Bonjour Monsieur Paul ! Je vous présente le Père Noël en provenance directe du Pôle Nord, qui vient de faire une escale imprévue avec son traineau sur le toit de ma maison ! » ?
— C'était plutôt un accident, mais c'est à peu près ça…
— Mais enfin, tu ne peux tout de même pas t'amuser à convaincre toutes les personnes que tu risques de croiser ! Tu as vu combien de temps il m'a fallu pour te croire ? Et je suis d'un naturel plutôt naïf, en plus ! Écoute, en attendant de résoudre ton problème de traineau, tu peux rester à la maison, ça va sans dire, mais tu seras tonton Jean de Lille. Ce sera plus facile pour tout le monde !
— De Lille ? Pourquoi de Lille ?
— Parce que Lille, c'est le Pôle Nord en France ! Enfin presque !
— Très bien ! Ça va être rigolo, au fond, d'être « tonton » ho, ho, ho !
— Bon, allons voir notre traineau.
Soudain, je pense à une chose. Si c'est toutefois évident, ce n'en est pas moins saugrenu, inenvisageable, hallucinant… et pourtant…

— Le traineau…
— Oui ?
— Il marche comment ?
— Eh bien, il est tiré par les rennes, évidemment ! Oh mon dieu ! C'est bien ce que je redoutais !
— Et ils sont où, les rennes ??
— Les rennes ? Oh, ils ne doivent pas être bien loin !
— Comment ça, pas bien loin ? Non, mais, ça t'arrive de paniquer parfois ?
— Paniquer ? Ça c'est plutôt le genre des lutins ! Ils sont tellement perfectionnistes qu'ils ne supportent pas le plus petit contretemps. Quant à moi, j'avoue que certaines veilles de Noël, j'ai déjà eu quelques sueurs froides à cause de certains cadeaux mal étiquetés, des cheminées trop étroites ou un temps particulièrement mauvais. Mais ici et maintenant, je ne vois pas trop pourquoi je paniquerais !
— Pourquoi ? POURQUOI ? Mais enfin, il y a sûrement en ce moment deux énormes bestioles qui se baladent on ne sait où dans les rues d'un petit village de campagne ! Pas de quoi déclencher la troisième guerre mondiale, certes, mais quand même !! Tu trouves ça rassurant ? Et toi, tu ne te fais pas de soucis pour tes rennes ?
— Allons, allons, comme dirait Mère Noël, il y a toujours une solution ! Et non, je ne me fais pas de soucis ! Je connais Éclair, il est très malin ! Crois-moi, il nous a sorti plus d'une fois de bien des situations périlleuses ! Il saura trouver un endroit pour attendre que les choses s'arrangent et

que je vienne le chercher. Toufic est entre de bonnes « pattes » !

— Toufic ?

— Oui, le second renne. Aujourd'hui, c'était le traditionnel test de traineau. Une semaine avant Noël, on le teste pour être sûr que tout sera au point pour le jour N. (N comme Noël, tu avais compris !) autant dire que cette année, il est évident que quelque chose n'a pas fonctionné correctement. Bref, ce moment est toujours l'occasion pour un jeune renne de faire une première sortie et de montrer qu'il est capable d'intégrer l'attelage le vingt-quatre décembre. Il est obligatoirement accompagné par un ancien renne chevronné, bien entendu. Donc cette année, Éclair et Toufic étaient les heureux élus. Pas si heureux que ça finalement, étant données les circonstances…

— Mais…enfin… Toufic ? C'est pas un nom de renne, ça ?

— Oh ! C'est une histoire plutôt drôle, figure-toi : Ce petit bébé renne est né avec une énorme touffe de poils sur la tête. Fait déjà insolite, mais c'était sans compter une énorme crise de hoquet qui lui a pris lors de sa première tétée. Il était tellement hilarant avec sa petite touffe qui lui revenait dans les yeux à chaque « hic » que bêtement, on l'a surnommé « touffe-hic » et c'est devenu son nom officiel : Toufic !

Je suis sidérée ! Qu'est-ce que c'est que cette histoire saugrenue ?

— Vous plaisantez ?

— Non, pourquoi ?

— Pauvre bête ! Ce n'est pas très gentil !

— Et pourquoi donc ?

— Mais c'est très moqueur ! Quand il a compris d'où venait son nom, il a dû être triste qu'on se soit moqué de lui ainsi !

— Pas du tout, allons bon, chez nous, on aime rire plus que tout ! Ce sont nos particularités qui font de nous ce que nous sommes ! Tout le monde connait Toufic grâce à sa mèche rebelle. Il en est fier et nous sommes fiers de lui également ! C'est d'ailleurs un des meilleurs sauteurs de tous les rennes du pôle Nord ! On rit les uns des autres ! Personne ne se prend au sérieux et on se sent bien ainsi. Par contre, ce n'est jamais méchant et on n'insiste pas si on se rend compte que ça fait de la peine. Mais rire fait du bien !

— Eh bien, si mes élèves pouvaient comprendre ça …

— Il suffit de leur expliquer !

— Oui, alors, là, c'est plus facile à dire qu'à faire…

Avec toutes ces explications, j'en ai presque oublié le principal.

— Bon, alors, que fait-on pour Éclair et… Toufic.

J'ai franchement un peu de mal à me faire à ce nom…

— Ils ont dû certainement trouver un endroit calme, avec de la nourriture. Un endroit discret où ils se sentiraient en sécurité.

— Et on trouve ça où, ici ? Pas dans la cour de mon école, en tout cas — Oh, mais, ils adorent les enfants, ils ne diraient surement pas non, ho, ho, ho ! Mais effectivement, ce n'est pas assez discret.

Soudain, il me vient une idée :

— Le parc des daims !

— Le parc des daims ?
— Oui ! Dans la forêt qui borde le parc, on a construit un enclos où des daims vivent en semi-liberté. Une bonne partie de cet espace est directement dans la forêt.
— Mais oui, pourquoi pas en effet ?
— Ce n'est qu'à quelques minutes à pied d'ici.
— Alors, zou ! Allons-y !

Chasse aux cervidés

Ah oui, mais alors avant ça, il va falloir s'adapter un minimum…
— Euh… la pélerine rouge et blanche, ce n'est vraiment pas très discret. Même s'il n'y a pas encore grand monde à cette heure-ci, on risque de ne pas passer inaperçus, surtout si on revient avec deux rennes sous le bras, façon de parler bien sûr.
— Ah oui, c'est juste. Aucun souci ! Mère Noël me prévoit toujours un sac avec un rechange au cas où, comme elle dit. Je me moque un peu d'elle à chaque fois en disant « au cas où quoi ? ». En général, elle me jette dehors avec un petit sourire en coin et une tape dans le dos. Dorénavant, elle pourra me répondre « en cas d'accident de traineau ! » ho, ho, ho ! Je vais le chercher.

Bon, profitons de ce court moment de solitude pour prendre un peu de recul sur toute cette histoire. Qu'est-ce qui m'arrive ? Tout cela n'a aucun sens ! J'ai l'impression de m'être réveillée dans un monde parallèle, ou d'avoir traversé les pages d'un livre d'images pour enfants. Mais non, j'ai beau retourner les choses dans tous les sens, tout cela me semble bel et bien réel et je me demande comment cela va se terminer… Finies les cogitations, revoilà notre gros bonhomme rouge. Pour le coup, il n'est plus rouge, mais marron. Plus discret, certes, mais c'est sans compter sur la grosse capuche entourée de fourrure d'un magnifique beige doré et une énorme ceinture à boucle carrée du même coloris que le reste du manteau qui lui arrive jusqu'aux genoux. Finalement, pour la discrétion, c'est pas gagné ! Seules les bottes noires restent classiques. Enfin, si on met de côté les deux petits flocons de neige brillants accrochés sur chacune d'elles.

— Pas très seyant, je te l'accorde, mais c'est ma tenue de tous les jours.

— Au Pôle Nord…

— Oui, évidemment, pourquoi ?

— Pour rien…

Pas la peine d'en rajouter. Finalement, c'est l'hiver, il neige, on est à une semaine de Noël et il y a suffisamment de personnes excentriques sur Terre pour que son look devienne la nouvelle mode de la saison à venir.

— Bon, alors, on y va ?

Eh bien soit ! Allons-y ! Il est 8 h 00 du matin et me voilà partie à la chasse aux rennes avec le Père Noël. Un dimanche matin banal, quoi…

L'accumulation des événements étranges de ces deux derniers jours ne m'a guère laissé l'occasion de me remettre de mes émotions. J'en avais presque oublié qu'il avait neigé non-stop durant cette période. En ouvrant la porte, je me retrouve devant un spectacle magnifique : La neige a maintenant recouvert entièrement tout le paysage. Cinq bons centimètres cachent les toits comme une grosse couche de meringue sur des maisons de pain d'épices ; de grosses stalactites de glace entourent cette masse sucrée, comme autant de cibles à abattre à coup de boules de neige. Il reste encore quelques petites heures avant que les gamins du quartier ne viennent transformer ce paysage de carte postale en immense terrain de jeux. Les tas de feuilles de Monsieur Paul ont une sérieuse concurrence !

— Tu as oublié quelque chose ?

Il est temps que je sorte un peu de mes rêveries … Les premiers pas dans la neige fraiche sont un vrai régal ! J'adore ce doux craquement sourd que font les bottes en écrasant le tapis blanc. Et comme une petite fille, je ne peux pas m'empêcher d'observer mes empreintes dans la neige.

Il ne faut que quelques minutes pour atteindre le parc aux daims et nous y sommes déjà. Mais visiblement, nous ne sommes pas les seuls à braver le froid et la neige fraiche. Il y a des traces de pas qui se dirigent dans la même direction que nous. Aïe… Ça risque de se compliquer si on tombe sur quelqu'un… Et si cette personne a déjà remarqué les rennes ? On ne va pas tarder à le savoir. Une silhouette se dessine à l'horizon, pile à l'endroit de notre destination. Elle est accompagnée par une grosse masse marron… Un chien, je dirais, un peu pataud. De près, on peut voir de grandes oreilles qui pendent le long d'une grosse truffe allongée. Deux yeux marron tout ronds nous regardent sans broncher d'un air curieux, mais avec un regard d'une infinie tendresse. Il nous a remarqués avant même que son maitre ne se soit rendu compte de notre présence.

Ce dernier semble absorbé dans ses pensées, le regard dirigé au loin en direction de la pâture. Le chien, immobile jusqu'à lors, lève une patte et sans nous quitter des yeux tapote légèrement la cuisse du jeune homme, comme si c'était un vieux copain ! On a l'impression qu'il a envie de lui dire un truc du genre « Hé vieux, on a de la visite », mais bon, on a déjà une histoire de Père Noël tombé du ciel, pour le chien qui parle, on verra ça une autre fois !

Tiens, voilà que l'homme se retourne. C'est vrai qu'on est plus très loin de lui, maintenant. Il est un peu plus grand que moi, une allure sportive. Ses cheveux sont bruns, courts, un peu ébouriffés et il porte une barbe d'un ou deux jours. Il nous sourit aussitôt. Alors : le regard attendrissant du chien, c'est juste pour s'habituer à celui du maitre !

Je fonds… Quels yeux ! Gris bleus, qui s'allongent en même temps que son sourire, brillants, à la fois rieurs et plein de tendresse… Envoyez-moi une bouée avant que je me noie dedans… Ouh la ! Il faut que je me reprenne, moi, qu'est-ce que je suis en train de raconter ? Après le Père Noël et le chien qui parle, j'enchaine sur le Prince Charmant ! On se croirait dans un livre écrit par un Bisounours ! Il faut qu'il se passe un truc vite fait pour me sortir de mon délire…

— Bonjour !

Même sa voix est jolie…

— Bonjour !

Impossible de sortir un quelconque autre mot… Tonton Jean Noël… Tu pourrais me filer un coup de main, ce ne serait pas du luxe, là…

— Bonjour, Monsieur, belle journée, n'est-ce pas ?

— Oui effectivement, les premières neiges sont toujours magiques ! J'adore ça ! Je suis un peu égoïste, c'est pour ça que j'aime bien être parmi les premiers à en profiter. Et puis, mon copain Milo est un lève-tôt.

Milo ! Voilà donc le nom de ce gros toutou qui vient de se lever et de se coller contre moi. Quel regard ! Ça mérite bien que je me baisse pour lui faire un gros câlin. Il est tout doux. Mais la grosse léchette dans le cou, j'aurais peut-être pu m'en passer !

— Je suis désolé, d'habitude il n'est pas aussi familier avec les gens.

— Aucun souci !

On n'arrêterait pas de le caresser. Franchement, j'aimerais bien savoir ce qu'il pense ! Un truc du genre « tu sais que j't'aime bien toi ? »

— Maintenant que vous avez fait la connaissance de Milo, je vais peut-être me présenter à mon tour : Alexandre ! Je viens d'arriver ici, je suis vétérinaire. Je me suis installé à côté de la mairie.

— Jean Noël, enchanté ! Je suis en visite chez ma nièce, Lisa. Lisa ?

— Hein ? euh…oui, pardon ! Bonjour ! Enchantée !

— Je suis un peu jaloux, je crois que mon chien attire plus l'attention des jolies femmes que moi.

Et il me tend la main en riant. Je crois que je dois être rouge comme une tomate… On va quand même essayer de se relever et de reprendre un peu contenance…Et c'est qu'il ne me lâche pas la main en plus, je deviens écarlate…
— Je ne vous ai pas déjà vue passer près de mon cabinet ?
— Euh.. Oui, enfin, sûrement, je suis maitresse à l'école du centre.
— Je savais que votre sourire me disait quelque chose. Je comprends maintenant pourquoi les enfants courent pour y aller tous les matins !

Un coquelicot, une écrevisse, une coccinelle en colère ? Y a quoi de plus rouge qu'une tomate mûre ? Au secours, tonton Jean, aide-moi !!
— Dites-moi, sans indiscrétion, vous aviez l'air de regarder quelque chose avec une grande attention…

Ouf ! Je reprends une couleur rose Bisounours, celui avec les petits cœurs à la place des yeux ! Alexandre a soudainement un air très sérieux et préoccupé.
— Ah ! oui ! J'ai remarqué dans la neige un peu plus loin des traces de sang. Regardez, là-bas. Je les ai suivies et j'ai aperçu deux nouveaux locataires dans l'enclos des daims ! J'ai cru un moment que je rêvais, mais pas du tout : Ce sont bien des rennes !
— Des rennes ?

Oh, misère ! Ça se complique !
— Ce qui m'inquiète le plus dans cette découverte, c'est que l'un d'eux me semble blessé. J'ai bien essayé de passer la barrière pour m'en assurer, mais

le second parait assez agressif et refuse que je m'approche.

— Agressif ? Pensez donc ! Quand on les connait, ça va tout seul !

Et le voilà qui s'approche de la barrière en faisant « Ho, ho, ho ! » Alexandre me jette un regard interrogateur ! Je suis aussi surprise et dubitative que lui… Mais, incroyable ! En voilà un des deux qui se dirige vers nous.

Il est majestueux ! Immense et musclé ! Je suis sûre qu'il s'agit d'Éclair ! Hallucinant ! Il se laisse tranquillement caresser par notre Jean ! Il ronronne ! Enfin, je ne sais pas comment on dit pour un renne, disons qu'il émet des petits sons rauques et graves. Alexandre en reste sans voix ! Chacun son tour ! Malheureusement, le second reste couché au sol…

— Incroyable !

— Oh, il n'y a rien d'incroyable, je les connais bien !

— Je vous demande pardon ?

Oh la la… Vite trouver une excuse, un truc, je ne sais pas moi… Oh non, le voilà qui recommence à parler… C'est la cata !!!

— J'ai justement un élevage de rennes dans le nord, ils doivent simplement le sentir !

— Dans le nord ? Je n'en ai jamais entendu parler !

Ouf ! Bien joué ! Je crois qu'il commence à comprendre que toutes les vérités ne sont pas bonnes à dire ! Juste déformées un peu, ça ne fait pas de mal, parfois ! Allez, je vais ajouter mon grain de sel :

— Oui, il est vraiment tout petit ! Une douzaine d'animaux seulement ! C'est légèrement plus haut que Lille. Dans un village un peu isolé, au calme.

Finalement, je ne suis pas si loin de la vérité, non ?

Tiens, Toufic je suppose, vient de se lever et se dirige péniblement vers nous. Le pauvre… Il a vraiment l'air de souffrir. C'est la première fois que je vois mon nouvel ami sans son grand sourire. Lui, si gai et optimiste, je le sens très inquiet…Il faut dire que Toufik parait bien mal en point : Il vient de s'allonger juste devant nous.

— Vous pensez que je peux l'approcher ?

— Oui, vous ne risquez rien, il se sent en confiance.

Alexandre escalade la barrière et s'agenouille près du blessé, sans se soucier d'être trempé par l'épaisse couche de neige. Le temps parait long pendant qu'il ausculte sa patte. On a hâte d'avoir son pronostic.

— C'est difficile de dire si c'est grave, là, dans la neige. Mais il y a de toute façon une blessure profonde qu'il faut absolument soigner. Quoi qu'il en soit, je ne peux rien faire ici. Il a besoin d'un endroit sec et abrité. Je pourrais alors commencer à le traiter et vérifier s'il n'a pas en plus la patte cassée. Sa démarche m'a un peu inquiété. Il est évident que je ne peux pas le faire venir à mon cabinet ! Il est plus étudié pour les chiens, les chats et les hamsters que pour les animaux de cette taille ! Je n'imaginais pas avoir un jour un patient tel que lui !

On dirait que mon ami retrouve enfin un petit sourire !

— Alors, vous voulez bien le soigner ?

— Evidemment ! Je ne vais pas laisser ce magnifique animal comme ça ! Et puis, imaginez un instant que ce soit un des rennes du Père Noël ?

Il nous fait un sourire et un clin d'œil. Passé la surprise, je regarde mon fameux tonton Jean et nous partons tous les deux dans un grand fou rire. S'il savait…

— Je n'ai pas pu m'empêcher ! On m'a toujours dit que j'étais un peu rêveur !

— Moi aussi, je suis un grand rêveur. Et vous allez très bien vous entendre avec Lisa. Elle aime beaucoup Noël, elle aussi !

Je ne sais plus quoi dire… Lui non plus apparemment. C'est possible de changer de sujet ?

— Bon ! Eh bien, Allons-y ! Occupons-nous d'Éclair et Toufic, les rennes du Père Noël !

— Euh… Éclair, je connais, mais Toufic ?? Je ne suis pas sûr que ce soit le nom d'un de ses rennes…

— Non, évidemment, mais celui-là, je suis sûr que c'est un apprenti, vu sa musculature.

— Oui… Admettons, mais… Toufic ?

— Mais si, je vous assure, ça lui va très bien !

Toufic choisit ce moment pour nous fixer et hocher la tête, avec un râle fatigué !

— Alors là, je crois effectivement que j'ai trouvé quelqu'un qui a plus d'imagination que moi ! Ah, ah, ah ! Allons-y pour Toufic ! Alors, concrètement, qu'est-ce qu'on va faire de lui ? Il faut un endroit assez grand, comme une grange ou quelque chose dans le genre.

— Et la grange que j'ai aperçue derrière chez toi ? Ça pourrait aller !

— La grange ? Euh… oui, sans doute, mais elle ne m'appartient pas ! C'est à Monsieur Paul.

— Qu'à cela ne tienne, nous n'avons qu'à lui demander !

— Tout parait simple avec toi, comme toujours ! En admettant qu'il accepte un renne chez lui pour une durée indéterminée, ce qui ne parait pas franchement gagné d'avance, tu peux m'expliquer comment on va le sortir de l'enclos ?

Tiens, il n'a pas de répartie cette fois ! Les mains dans les poches, il s'approche de Toufic pour le caresser tendrement. Je rêve ou son poil se met à briller ? Ça doit être la réverbération de la neige ! Eh, mais, il se lève ! Il boite beaucoup, mais il fait quelques pas pour s'éloigner.

Non, il ne va quand même pas… eh bien si ! il vient de sauter la barrière ! Comment c'est possible ? Bon, maintenant, il reste couché… Cet effort a dû lui coûter toutes ses dernières forces ! Sa patte semble vraiment le faire beaucoup souffrir…

Voilà qu'on se retrouve avec un renne blessé au milieu d'un parc où ne vont pas tarder à débouler des promeneurs, des runners et surtout des enfants surexcités !

— Co… Comment c'est possible ?

Notre vétérinaire est encore sous le choc ! J'avoue que je me pose moi aussi la question…

Quelle explication va nous donner, le gros bonhomme rouge, cette fois ?

— C'est une race très spéciale ! Une race du Grand Nord. De Finlande, plus précisément. Ce sont des animaux très robustes à la musculature particulièrement développée !

— Je vois ça…

Alex n'arrive pas à quitter le renne des yeux, et moi, je fixe le Père Noël. Il me chuchote à l'oreille :

— Il me restait un peu de poudre magique au fond de la poche. Juste assez pour un dernier saut. Tu as vu, moi aussi, je commence à inventer de jolis mensonges ! Ho, ho, ho !

Effectivement ! On commence par faire une belle équipe de menteurs ! Et dire que je rabâche toujours à mes élèves que mentir, ce n'est vraiment pas bien du tout ! Il faut croire qu'il y a parfois des exceptions à la règle !

Cette fois, il faut réfléchir vite ! Je vais prendre les choses en main.

— Bon, on ne va pas rester là ! Père.. euh… Tonton Jean, tu crois qu'il peut marcher jusqu'à la maison ?

— Oui, ça devrait aller, mais très lentement.

— Bien, on rentre alors, et on verra si on arrive à convaincre Monsieur Paul de lui offrir le gîte…

— De mon côté, je pars à mon cabinet pour chercher de quoi m'occuper de lui et je vous rejoins, si vous le voulez bien ?

Bien sûr que je veux bien !

— Oui, pas de soucis ! J'habite au 3 rue du parc.

— Très bien ! Et pour Éclair ?

— Il est bien ici ! Personne ne va faire attention à lui parmi les daims ! Au pire, on pensera qu'on l'a mis là volontairement, il sera une jolie attraction pour cette période de Noël. Il a à manger et il semble bien s'entendre avec les autres animaux.
— Bonne idée. Je vous rejoins dans une petite demi-heure. Tu viens Milo ?

Milo ne semble pas d'accord… Il fixe Alexandre sans bouger et se couche tranquillement contre Toufic.

— Ah oui, carrément, tu me laisserais tomber pour jouer les garde-malades ? Tu exagères ! Allez, viens !

Il n'a pas l'air décidé à bouger !
— Laissez-le venir avec nous, si vous voulez ! Il est adorable et on dirait que notre renne est rassuré par sa présence.
— Vous êtes surs ? Bon, vous avez sans doute raison. Alors pourquoi pas ! J'y vais ! À tout à l'heure !
— À tout à l'heure !

Il hésite quand même quelques instants pour voir si Milo le suit, mais le chien est toujours aussi impossible, couché contre son nouveau patient !
— Bon, maintenant, il ne nous reste plus qu'à traverser le parc avec un renne blessé, lui trouver un abri, le soigner, faire redémarrer un traineau magique, et tout ça, avant la veille de Noël !
— Qu'est-ce qu'on attend, alors ? Allons-y ! Ho Ho ho !

Et nous voilà partis ! Décidément, rien ne peut le perturber…

Un jeune curieux

Enfin arrivés dans notre rue ! On ne s'est pas trop fait remarquer. Par chance, nous n'avons croisé qu'un coureur du dimanche qui a rapidement passé son chemin sans nous prêter la moindre attention et une dame âgée qui ne voyait visiblement pas grand-chose et qui a trouvé notre « cheval » très beau ! Son chien, quant à lui, a bien flairé quelque chose d'anormal et a tenté une approche curieuse. Milo s'est tranquillement interposé et le fouineur a rapidement rejoint sa maitresse.

Mais si tout s'est bien passé pour l'instant, ça va peut-être se corser… A cette heure-ci, c'est généralement très calme dans la rue, mais on dirait qu'aujourd'hui, ce n'est pas le cas ! On entend des éclats de voix au loin ! Une dispute ? Une bagarre ? Je distingue deux silhouettes… Mais oui, on dirait bien Monsieur Paul ! C'est bien lui ! Et il tient un adolescent par le bras qui est en train de se débattre en criant :

— Lâche-moi, espèce de vieux fossile !

— Tu vas rester ici et je vais appeler les gendarmes ! On verra, si eux-aussi tu leur parles sur ce ton !

C'est complétement surréaliste tout ça !
— Monsieur Paul ? Qu'est-ce qui se passe ?
— Ah ! Vous voilà Mademoiselle Lisa ! Figurez-vous qu'en sortant prendre mon journal, j'ai surpris ce sale petit voleur en train d'escalader la barrière pour s'introduire chez vous !
— Quoi ?
— JE NE SUIS PAS UN VOLEUR !
— Doucement ! On se calme ! Dis-moi alors, ce que tu venais faire chez moi ?
— Qu'est-ce que ça peut vous faire ?
Alors là, il ne faut pas me chauffer, jeune homme !!
— Non seulement ça me regarde puisque c'est chez moi que tu essayais d'entrer, mais en plus je déteste l'impolitesse et le manque de respect ! Alors, tu vas vite te calmer et nous parler sur un autre ton, sinon, effectivement, je vais devoir me ranger du côté de Monsieur Paul et faire appel aux autorités supérieures, si tu vois ce que je veux dire !

C'est vrai, quoi, je me mets rarement en colère, mais je n'apprends pas à mes petits élèves à être respectueux pour qu'ils deviennent ce genre de malotru à l'adolescence ! Ce type de comportement me fait sortir de mes gonds ! Bon, malgré tout, cela ne résoudra rien de s'énerver.
Il faut que je reprenne mes esprits. Mais…
Dis-donc… Ce n'est pas les gendarmes que je vais prévenir… C'est plutôt ta mère ! Tu es Lucas, le

grand frère de Nathan qui est dans ma classe, je ne me trompe pas ?

Tiens, il est beaucoup plus calme tout à coup !

Mon Nathan… Un petit blondinet extraordinaire ! Gentil, travailleur, très bavard avec un sourire radieux…Lucas aussi était un bon garçon ! Mais ça, c'était avant…. Avant l'accident…

Leur papa, routier, est mort l'an dernier dans une collision contre un arbre. On pense qu'il s'est endormi au volant… Il était tellement pressé, chaque fin de semaine de revoir ses fils adorés, il n'a pas dû prendre la peine de s'arrêter pour se reposer un peu… Quel drame horrible…

Depuis, mon petit Nathan a perdu son grand sourire ainsi que la parole. Il s'est renfermé sur lui-même. Lucas, lui, est complétement parti en vrille. Il s'est mis à sécher l'école, à trainer dans les rues, à fumer, même. Sa maman est désespérée. Elle ne sait pas comment aider ses enfants, elle, déjà tellement dévastée par le chagrin… Je ne sais pas comment elle tient encore le coup…
— Non, s'il vous plait, n'appelez pas ma mère !

Tiens, on dirait que j'ai visé juste, j'ai même le droit à un « s'il vous plait » !
— Allons, allons, tout va bien, je suis sûr que ce garçon a une bonne explication !

Jean, je l'avais presque oublié ! Mais… Qu'est-ce qu'il a fait de Toufic ?

Il prend Lucas par l'épaule et le regarde fixement, droit dans les yeux ! C'est quoi ce grand sourire énigmatique ? Qu'a-t-il bien pu voir dans les yeux de ce gamin si fermé et si en colère qui le mette de si bonne humeur ? Quoi qu'il en soit, Monsieur Paul a fini par lâcher notre ado rebelle maintenant beaucoup plus calme.

— Alors, que faisais-tu chez Lisa ?
— Je… je… J'étais juste curieux, c'est tout ! Je voulais savoir ce qui se cachait sous la bâche.

Oh misère ! Le traineau !!
— Et tu as vu ?
— Non, l'autre timbré, euh… je veux dire le monsieur est arrivé avant !

Ouf !!!
— Tu sais, la plupart du temps, pour savoir quelque chose, il suffit simplement de demander ! Que dirais-tu de venir jeter un œil ?

HEIN ? QUOI ? Mais qu'est-ce qui lui prend ? Je suis tellement scotchée que je n'arrive même pas à dire un mot pour l'en empêcher ! Il se dirige déjà avec Lucas vers le « mystérieux objet » !

— Monsieur Paul, vous venez ?
— Euh… enfin… Je ne sais pas…
— Si, si, venez, vous ne serez pas déçu !

Il est complétement dingue ! Mais trop tard ! Il a déjà retiré la bâche ! Inutile de rajouter que Paul et Lucas restent sans voix !

— Un traineau ?
— Eh oui ! Pas trop déçu ?

Monsieur Paul semble émerveillé !
— Il est magnifique ! Quel travail, quelle qualité ! Je ne connais aucun ébéniste capable de faire une telle merveille !

Lucas parait étrangement perturbé… Mais il tente de ne rien laisser paraitre !

— Et qu'est-ce que vous faites avec un traineau dans votre jardin ?

Il a encore un petit air dédaigneux dans la voix, mais je soupçonne un léger intérêt. Il ne quitte pas l'objet des yeux ! On invente quoi cette fois ?

— Je l'ai trouvé sur une petite annonce. J'ai pensé que ce serait vraiment intéressant de l'utiliser pour faire des balades chez moi avec mes rennes. Voilà pourquoi je suis venu ici, chez ma nièce, pour le récupérer.

— Vos rennes ?

Allez, c'est reparti pour le baratin déjà bien rôdé sur l'élevage de rennes…Et ça passe !

— Ça semble une bonne idée, en effet, mais il faudrait qu'il soit dans un meilleur état ! On dirait bien que votre traineau a eu un léger accident !

— C'est le moins qu'on puisse dire !

Oups ! C'est sorti tout seul, je n'ai pas pu m'en empêcher !

— Oui, il n'est pas vraiment tout neuf, mais je ne connais personne qui pourrait le remettre en état.

Il est étrange soudain mon vieux voisin, il fait le tour du traineau en l'observant sous toutes les coutures, ou tous les boulons, c'est peut-être plus logique…

— Vous savez, avant de passer mon temps à balayer les feuilles de ce satané parc, j'étais menuisier ébéniste. Je ne suis surement pas aussi expert que l'artiste qui a réalisé un tel chef-d'œuvre, mais je pourrais peut-être le retaper un peu… Si vous le permettez, évidemment ! On pourrait le mettre dans ma grange !

Ça alors ! monsieur Paul était donc menuisier ? Voilà qui explique les jolis sujets en bois qu'il m'offre à chaque Noël !

— Mon père aussi, il aurait pu le faire !

Tiens, j'avais oublié Lucas ! Mais… Il pleure ? Pas le temps d'en être sûr, il vient de partir en courant comme si sa vie en dépendait.

— Qu'est-ce qui lui prend encore à ce garnement ?

— Ne le jugez pas trop sévèrement, Monsieur Paul, quelque chose dans ce traineau a dû lui rappeler son père décédé l'an dernier.

— Oh… Je… Je suis désolé… Pauvre gamin…

Milo nous interrompt pour accueillir son maître qui vient d'arriver.

— Me revoilà ! Ah, quand même, tu te décides à me faire la fête, toi ? Chien ingrat ! Mais j'aime quand même, tu le sais ça ? Mais… C'est un vrai traineau de Père Noël ?

Alexandre… traineau… accident…renne…

— TOUFIC !

Je crois que je viens de crier ça à haute voix et j'ai fait sursauter tout le monde ! Toufic ! Je l'avais complétement oublié !

— Toufic ?

— Le renne ! Où est-il ?

— Le renne ? Quel renne ?

Va falloir lui expliquer tout ça à Monsieur Paul… C'est pas gagné…

— Ne t'inquiète pas Lisa, je l'ai attaché après le piquet à linge, derrière ta maison. Et puis avec sa blessure, il ne peut guère prendre la poudre d'escampette.

— Vous… Vous pouvez m'expliquer ce qui se passe et de quoi vous parlez ?

Nous y voilà !

— Euh… Monsieur Paul : Il ne vous resterait pas dans votre grange une petite place pour un renne blessé ?

Mise au point

Il aura fallu quelques explications et une présentation en règle entre Alexandre et Paul, et la surprise passée, ce dernier n'a pas hésité une seule seconde à nous venir en aide et à inviter notre cervidé dans sa grange. Il restait juste assez de place à côté du traineau.
Alex peut enfin en profiter pour observer plus longuement la blessure de notre ami.
Comment va-t-il ?
— Rien de bien méchant. La patte ne semble pas être cassée. Mais il ne faudrait pas que ça s'infecte. Nous devons être prudents. Je vais lui faire un pansement, mais il faudra lui changer régulièrement.
— Et il sera remis pour Noël ?
— Pourquoi ? C'est lui qui doit tirer le traineau du Père Noël ?
J'aurais trouvé ça drôle en temps normal, mais là, je dois dire que je ris jaune…
— Remarquez, pourquoi pas ! Il serait idéal ! Il a de très belles pattes et il est très costaud. Allez, on

va faire ce pansement ! Ouh la ! Doucement ! Je ne te veux que du bien, tu sais ?

Toufic a l'air terrorisé ! Il refuse qu'Alex l'approche. Même le Père Noël n'arrive pas à le calmer. Il doit vraiment souffrir et il panique…
— Comment va-t-on faire ? Il faut absolument que je le soigne, sans quoi, cette blessure risque de ne pas devenir très jolie…

Milo ! On l'avait presque oublié couché dans son coin. Et que ça baille, que ça s'étire tranquillement ! Il se réveille le gros pépère ? Il va où ? Ouh la ! S'approcher de Toufic n'est pas vraiment une bonne idée… Mais…Voilà que notre animal se fige devant le chien qui le regarde d'une manière si autoritaire que même nous, on n'ose plus bouger ! Il se met à tourner autour des jambes d'Alexandre, puis va se coucher devant Toufic qui se laisse tomber au sol lui aussi. Et pour finir, il commence à lui lécher sa patte blessée. Incroyable ! On reste bouche-bée !
— Je ne sais pas où vous l'avez trouvé, ce chien, mais c'est un sacré phénomène ! Dites, vous pourriez peut-être en profiter pour soigner le blessé !
— Euh… oui… enfin… vous avez raison, Paul !

Je crois que notre vétérinaire ne connaissait encore pas toutes les qualités de son chien ! Un vrai petit infirmier à quatre pattes ! Il peut maintenant soigner Toufic en toute sérénité !

Les cloches ! Déjà 10 h 00 ! Alex est parti, mais il a promis de revenir ce soir et les jours suivants pour changer les pansements. Cette fois, malgré quelques réticences, Milo a consenti à suivre son maitre.

Tonton Jean et Monsieur Paul ont terminé de faire le tour du traineau pour faire le point sur les réparations à envisager.

Je suis bien contente de rentrer à la maison pour me faire enfin, un bon café, et un chocolat chaud pour mon nouvel ami. Il est temps de réfléchir un peu à la situation.

— Bon, si on résume : Alex s'occupe de Toufic. Rien de grave, mais il faut espérer qu'il soit remis à temps ! Pour le traineau, qu'est-ce qu'en pense Monsieur Paul ?

— Il y a pas mal de réparations, mais d'après ce que j'ai pu voir dans la grange, je ne me fais pas trop de soucis. Il a l'air de bien maitriser la menuiserie !

— Très bien. Pour l'instant, Éclair passe encore inaperçu. Espérons que ça dure. Mais dis-moi, Paul était intrigué par ce drôle de cadran sur le traineau qui semble ne pas fonctionner. Qu'est-ce que c'est ? C'est important ?

— Ma foi oui ! C'est lui qui me guide et me donne toutes les indications sur mes livraisons.

— Il est cassé ?

— Pas vraiment, il lui manque juste le carburant pour l'alimenter.

— Et ça marche à quoi, ce truc-là ? Électricité, essence, chocolat chaud ?

— Poudre magique !

— Tu te moques de moi ?

— Non !

— Ben voyons ! Le truc qu'on trouve à tous les coins de rue, quoi ! Sérieusement, où est-ce qu'on va dégoter un truc pareil ?

— Malheureusement, il n'y a que les lutins capables de fabriquer ça ! Et quelques fées également, mais leur poudre est un peu moins puissante et efficace. Et de toutes façons, on trouve peu de fées avant le printemps.

Je ne ferai même pas de remarques sur l'existence éventuelle d'une fée, d'un elfe ou d'un leprechaun… Je n'en suis plus là, à ce stade…

— Bien, il n'y a plus qu'à contacter un de tes lutins !

— Je ne vois aucun moyen de le faire. On ne communique que grâce à cet écran. Et je n'ai dit à personne dans quelle direction je faisais mes essais.

— Ah ben très malin ! Bravo !

— Ils vont me chercher, bien sûr ! Ça prendra juste un peu de temps. Si tu veux bien m'héberger encore quelques jours, je t'en serais très reconnaissant !

J'ai beau être excédée par tous les problèmes et tous les mensonges que je multiplie depuis que ce personnage est apparu sur mon toit, je dois bien avouer que sa présence est plutôt agréable…

— Je ne vais quand même pas laisser le Père Noël dormir dehors !

— Merci beaucoup ! J'avoue que je me sens vraiment bien ici !

Rien que son gros sourire remonterait le moral au plus triste et désespéré de tous les individus…

Bon, malgré toutes ces aventures, il faut quand même penser à se nourrir ! Un petit tour à la boulangerie s'impose.

Il y a pas mal de monde à cette heure-ci et ce n'est pas Madame Mitron, la boulangère, et ses commérages qui vont nous faire gagner du temps ! Tiens, c'est la maman de Lucas et Nathan qui est juste devant moi.

— Une baguette madame, s'il vous plait.
— Elle a l'air bien triste, la p'tite dame ! C'est encore un coup de vot' gnard, j'suis sure ?

C'est pas vrai ! Elle recommence ! Mais de quoi elle se mêle ? Et devant tout le monde en plus !
— Faut les mâter à cet âge-là ! Un bon coup de pension, ça lui f'rait pas de mal ! Il est bien parti pour finir délinquant, sans ça. Enfin, vot' p'tit doit pas vous embêter beaucoup au moins, vu qu'y dit pas un mot...

La pauvre maman ! Elle ne prend même pas le temps d'emporter la baguette qu'elle vient de payer, elle se précipite vers la sortie avec d'énormes larmes qui coulent sur ses joues.
— La vérité n'est pas facile à entendre, on dirait ! Elle a aucune poigne ! Elle sait pas y faire, vous êtes pas d'accord ?

Alors là, c'en est trop ! Cette femme est détestable ! Et elle n'aurait pas dû me demander mon avis !! Allez, un beau sourire hypocrite et on se lâche ! C'est parti Lisa !
— Mais oui, bien sûr ! Vous avez tout à fait raison ! Je ne comprends vraiment pas pourquoi elle se laisse aller depuis quelques mois... Ah si, peut-être la mort de son mari ? Pfff, un détail, enfin pas

de quoi perturber deux jeunes garçons en tout cas. Mais quand on est une bonne mère, on sait y faire, il vaut mieux les « mâter » comme vous dites, plutôt que de leur donner tout l'amour dont ils ont besoin et de leur laisser le temps de faire leur deuil. Tenez, c'est comme ces deux autres enfants, vous voyez de qui je veux parler ? Mais si, un petit qui ne travaille pas du tout en classe, qui finit par s'endormir après avoir copié sur ses camarades. Il doit être toute la nuit sur sa console ! et le grand ? N'en parlons-pas ! Il sèche le collège régulièrement pour aller fumer des cigarettes près du parc.

— Je… euh… Mais…

— Mais, si, mais si, oh je suis sûre que les connaissez ! On les voit tous les jours dans le quartier ! J'ai un peu de mal à me rappeler leurs noms… Ça va me revenir… Je les ai même vu hier sortir de votre boulangerie ! Comme vous dites, où va-t-on avec des enfants pareils, mais que font les parents ?

— Mais… je…

— Oh mais regardez-ça, en plus de mal élever ses enfants, cette femme n'a pas de tête ! Elle a oublié sa baguette ! Je vais être obligée de lui ramener ! Vous permettez ? Ce fut un plaisir de parler avec vous en tout cas ! Et au fait, le jour où j'aurai des enfants, je n'hésiterai pas à venir vous demander conseil ! Au revoir ! Bonne journée !

Et clac ! J'embarque la baguette sans lui laisser le temps de répondre quoi que ce soit ! De toute manière, elle a la bouche ouverte comme une poule qui pond un œuf ! Je traverse la boulangerie pleine à craquer ! Je ne peux pas m'empêcher de remarquer les sourires et les regards satisfaits des clients. Je ne suis pas peu fière de moi ! Il faut dire, qu'ils ont tous identifié les deux garçons dont je parlais ! Les enfants de Mme Mitron elle-même ! Et Bim ! Ce n'est pas bien de se venger, je sais, mais elle est tellement méchante que cette fois, elle l'avait bien cherché !

Mon ami barbu m'attend dehors, mais je constate qu'il n'est pas seul ! Il est accroupi avec Alexandre auprès de Mme Chaumont, la maman de Nathan et Lucas. Elle est assise sur le trottoir.
— Qu'est-ce qui se passe ?
— Je ne sais pas, elle est sortie en trombe de la boulangerie, elle ne m'a pas vu ! Pourtant, on ne peut pas dire que je passe facilement inaperçu ! Oh, oh, oh ! Enfin, bref, elle m'est rentré dedans, s'est excusée et « pouf » elle a vacillé, prête à s'évanouir. Heureusement, chevalier Alexandre est arrivé juste à temps pour la rattraper au vol ! Il essaie de la réconforter ! Mais que s'est-il passé à l'intérieur ?
— Oh, encore la boulangère et son tact habituel… Mais je crois que cette fois, elle est calmée pour un bon moment…
— Ah bon ?
— Je t'expliquerai… Viens, on va voir comment va Mme Chaumont.

Difficile de savoir quoi dire ou quoi faire. Je m'assieds à côté d'elle et lui tends un mouchoir, c'est déjà un bon début…
— Ça va ?
— Beaucoup mieux, merci ! Ce jeune homme a été très gentil ! Pas comme certaines personnes.

— Ne vous préoccupez pas d'elle, elle est méchante avec tout le monde !

— Oui, je sais, mais elle n'a pas tout à fait tort : Je n'y arrive pas, toute seule. Je ne sais plus comment faire avec les garçons. Nathan se renferme sur lui-même et ne parle plus.

— Ne vous inquiétez pas pour lui, je pense juste qu'il lui faut du temps. C'est vrai qu'il ne parle plus, mais il travaille dur en classe et il a d'excellents résultats et il joue volontiers avec les autres. Il lui arrive même de sourire parfois. Je ne suis pas psychologue, mais peut-être cherche-t-il seulement des mots pour exprimer ce qu'il ressent ! Et pour l'instant, c'est surement encore trop compliqué pour lui. En tout cas, c'est un merveilleux petit garçon.

— Merci beaucoup ! Ça me fait vraiment beaucoup de bien ce que vous me dites ! Mais malheureusement, avec Lucas, c'est un autre problème ! Il est distant, insolent, presque violent parfois. Je ne sais plus comment le prendre. Ce matin encore, il est rentré en pleurs et complétement perturbé. Il était encore sorti sans rien me dire. Quand je lui ai demandé ce qui se passait, il a claqué la porte de sa chambre et s'est enfermé.

Pour le coup, on peut lui expliquer le pourquoi du comment…

— Je comprends mieux…Mon mari adorait travailler le bois. Il passait son temps libre à construire des choses pour les enfants. Lucas partageait cette passion avec lui. Juste avant sa mort, il lui avait construit une superbe luge à l'ancienne, mais modernisée à sa façon. Une merveille !

Nathan était évidemment très jaloux, mais son papa lui avait promis qu'il aurait la même mais qu'en plus, c'est son frère qui la construirait. C'était un peu une manière de lui passer le flambeau. Il n'en a pas eu le temps.

    Bon, cette fois, on partage tous mon paquet de mouchoirs…
— Je sens bien qu'il souffre, mais je suis incapable de l'aider.
— Nous, on peut peut-être donner un petit coup de pouce !

    Qu'est-ce qu'il mijote encore ?
— Dites-lui que s'il veut voir le traineau de près, il peut venir cet après-midi ! Nous serons chez Monsieur Paul vers 16 h 00.
— Jamais il ne voudra m'écouter et encore moins venir…
— Ecrivez-lui un mot, alors, on ne sait jamais ! Quelque chose me dit qu'on pourrait bien être surpris…

        Ben voyons, moi, je ne sais toujours pas ce qu'il a derrière la tête, mais avec lui, maintenant, je m'attends à tout…

Une fine équipe

Bon, avec la journée d'hier et cette matinée déjà bien remplie, il va quand même falloir que je travaille un peu et que je commence à préparer ma classe pour demain. Ça ne va pas se faire tout seul ! D'autant que cette dernière semaine avant les vacances va être un peu chargée à cause du marché de Noël de l'école de jeudi ! Il faut encore : terminer les décorations, les objets à vendre, finaliser les affiches et les invitations pour les parents.

Mon nouveau locataire s'est gentiment proposé de m'aider à confectionner des guirlandes et des étoiles. Il a quelques idées fantastiques ! Et tout en discutant, nous avons fini par remplir un gros carton ! Des flocons de neige, des étoiles et même des rennes ! C'est magnifique ! Notre stand va être magique ! Nous avons pris notre petit chocolat chaud de quatre heures et nous voilà de retour chez mon voisin pour faire le point sur les réparations du traineau. Alex doit nous rejoindre et j'avoue que cela me fait plaisir…

Ce matin, dans la précipitation, je n'avais pas pris le temps d'observer en détail la grange. C'est un endroit complétement hors du temps ! Ça sent bon le bois coupé, il y a des objets de toutes sortes, posés un peu partout, sur les étagères, à la va-vite, même sur le sol. Et puis il y a ce grand mur couvert d'outils qui eux, par contre, sont soigneusement accrochés et rangés dans un ordre qui semble bien précis. Comme s'il lisait dans mes pensées, le Père Noël me souffle à l'oreille.

— Je connais plus d'un lutin qui serait jaloux d'un tel atelier !

Milo ! Le chien vient d'interrompre mes rêveries ! Alex ne doit pas être loin ! Oui, il est déjà là depuis un moment d'ailleurs, il a quasiment déjà terminé de refaire le pansement de notre ami boiteux.

On dirait que quelque chose vient de distraire Milo de mes caresses ! Il est en train de s'acharner à gratter la porte de la grange en aboyant. Je le sens soudain très nerveux…

— Qu'est-ce qui t'arrive tout à coup ? Tu as envie de sortir ? Attends, je vais chercher ta laisse.

Euh… Trop tard ! il vient de se faufiler dehors !

— Milo ! reviens ici !

On sort tous les deux à ses trousses ! Ouf ! Il n'est pas allé bien loin ! Il est au garde à vous à la sortie du jardin devant un Lucas qui n'en mène vraiment pas large… Faut dire qu'il impressionne ce gros toutou !

— Lucas ? Mais qu'est-ce que tu fais là ?

— Ma mère m'a dit que je devais venir m'excuser pour ce matin. Je m'excuse, voilà, c'est bon, vous pouvez rappeler votre chien que je puisse m'en aller ou quoi ?

— Eh bien justement, tu vois, mon chien n'a pas l'air vraiment d'accord pour que tu t'en ailles ! Quelque chose me dit que tu ne nous aurais pas forcément présenté tes excuses si Milo ne t'y avait pas invité ! Je me trompe ? Bref ! Si tu as pris la peine de venir jusque-là, tu peux aussi entrer t'excuser auprès de Paul et tu en profiteras pour jeter un œil au traineau. Et ne me dis pas que tu n'en as rien à faire, je n'en croirais pas un mot !

Je ne savais pas Alexandre aussi persuasif ! Lucas reste bouche-bée ! Finalement, il se décide même à nous suivre dans la grange. Bon d'accord, la menace d'un gros chien qui grogne aide un peu…

Incroyable ! Le gamin se transforme dès ses premiers pas à l'intérieur ! Ses yeux se mettent à briller ! Il observe longuement en détail toutes les pièces confectionnées par Paul. Le regard de ce dernier, par contre, est loin d'envoyer des étoiles ! Mais je vois quelqu'un qui va surement pouvoir briser la glace…

— Tiens, Lucas, te voilà enfin ! Tu tombes bien, on a besoin d'aide !

— Pffff, je ne vois pas comment ce petit délinquant pourrait nous aider ! Il ne ferait même pas la différence entre un rabot et un ciseau à bois !

Lucas a de nouveau un regard sombre, mais il ne dit rien. Il se dirige vers le mur d'outils, en décroche deux et les tend à notre menuisier qui lui tourne toujours le dos !

— Ciseau à bois, rabot ! Mais si j'étais à votre place, j'utiliserais une râpe pour façonner la pièce que vous avez dans les mains !

On reste tous sans voix ! Paul et Lucas se regardent droits dans le yeux ! c'est pire qu'un match de boxe ! On ne sait pas qui va donner le prochain uppercut... Les secondes sont interminables... Mais je crois déceler un léger sourire chez le vieil homme...

— Et tu sais t'en servir ?

— Evidemment !

— Alors qu'est-ce que tu attends ! Va la chercher ! On a du travail pour remettre cette petite merveille en état !

— Et pourquoi je vous aiderais ?

— Non pas que j'apprécie la compagnie d'un ado mal élevé, mais pour être honnête, si je compte sur Jean qui ne fait même pas la différence entre une vis et un clou, on ne risque pas d'arriver au bout avant les fêtes de Pâques ! Et puis je pensais que tu serais suffisamment curieux de voir comment il serait une fois retapé !

Cette fois, je suis à peu près sûre que c'est sur le visage de Lucas que je viens d'apercevoir un sourire, même s'il tente de le cacher... Milo vient de se coller à sa jambe. Il a lui aussi senti un changement chez le garçon qui est en train de le caresser sans même s'en rendre compte !

Eh bien ! Qui l'aurait cru ? Bon, il garde toujours son petit air de défi, n'a répondu ni oui ni non à la proposition de Paul, mais il a pris des outils et s'est agenouillé près de lui pour observer son travail ! Pas de réaction chez mon voisin, mais un ou deux regards en coin ! Décidément, je crois qu'ils se sont bien trouvés ces deux-là ! Les mêmes têtes de pioches !

Le reste de l'après-midi se passe calmement. J'aide Alexandre à prendre soin de Toufic et nous en profitons pour apprendre un peu à nous connaitre. On finit par se tutoyer.

18 h 00 ! On est presque obligé de mettre Lucas dehors. Il n'a pas décroché une seule minute de son travail. Il semble même écouter ce que lui dit son nouvel instructeur. Il faut dire qu'il lui parle beaucoup plus gentiment depuis qu'il a découvert que ce garçon est aussi passionné que lui pour la menuiserie. En prime, il a l'air d'avoir certaines capacités en la matière !

En tout cas, le traineau ne repartira pas cette nuit et Paul vient de poser les outils.

— Bien, j'ai bien avancé aujourd'hui. Mais cela risque d'être long. Et tout seul, ça ne sera pas évident…

— Finalement, j'aimerais bien revenir demain… Si… Si c'est possible…

— Hum… Tu as encore pas mal de choses à apprendre, mais tu te débrouilles pas mal. Je pense que ça pourrait m'aider, en effet. Mais à une condition : La menuiserie, ce n'est pas seulement dans les mains ! C'est aussi dans la tête ! Alors, plus question de sécher les cours ! Tu viens après la classe. C'est compris ?

— Eh, mais vous êtes pas mon grand-père !
— Non, justement, du coup je peux te mettre un bon coup de pied aux fesses si j'en ai envie et si tu me manques de respect ! A toi de voir ! Ce sont mes conditions.
— Bon, ok…
— Pardon ?
— Oui…Monsieur !
— Bon, tu peux m'appeler Paul, ce sera plus simple. Allez, file maintenant, ta pauvre mère s'inquiète déjà suffisamment comme ça !

Il finit par se décider à partir et nous décroche même un timide au revoir d'un signe de la main !
— C'est un bon gamin dans le fond…
— Et vous, vous avez l'air d'un très bon professeur !

Notre week-end de folie se termine, j'allais presque dire, enfin ! Je me sens vidée ! Je ne sais pas à quoi va ressembler la semaine qui s'annonce, mais je sens que je devrais vite prendre un peu de repos. Par précaution…
— Bonsoir tout le monde !

Visite surprise

Lundi matin. Le réveil a été un peu difficile ! Tous ces chamboulements m'ont rendue un peu nerveuse. Je pense que les enfants s'en rendent compte. Ces petits garnements, ne laissent jamais rien passer. Mais ils sont encore relativement calmes à cette heure-ci !

Il a quand même fallu trouver un moyen d'arrêter Julian, intarissable sur le déroulé de son week-end, de l'apéro du vendredi soir au Cluedo du dimanche soir, en passant par l'épisode de la perte du dentier de mamie Louisette pendant la réunion de famille annuelle…Nous n'avons pas su s'il avait été retrouvé ou pas, parce qu'à ce moment-là, Simon, notre clown national, s'est mis à imiter la grand-mère édentée ! Fou rire général garanti pour toute la classe, sauf pour Julian, qui, bien entendu, n'a guère apprécié la blague : Séance bouderie immédiate !

Heureusement, on peut compter sur la douce Samia pour faire les gros yeux à Simon et réconforter notre petit bougon.

— Maitresse ! C'est quand qu'on fait la dictée ?

Albertine ! Spécialité, plomber l'ambiance ! Il faut dire, qu'il n'y a pas grand-chose qui la fasse sourire ! A part peut-être quand elle est la seule à avoir tout juste à sa dictée ! D'où son empressement. Mais quand Lucie et Yanis font mieux qu'elle, c'est la soupe à la grimace !

On ne l'avouera jamais en public, mais, nous, maitresses, on a quand même nos petits coups de cœur ! On ne fait pas de différences, évidemment, et d'ailleurs ils ont toujours tous un petit quelque chose qui rend chacun d'entre eux attachant (y compris Albertine si on cherche bien). Mais des Lucie et des Yanis, ils ont le petit truc en plus qui fait qu'on les garde dans le cœur durant de nombreuses années…

Ces deux-là sont inséparables ! Ils se complètent parfaitement : Lucie, la petite rêveuse crée des rédactions extraordinaires pleines de suspense et d'aventures. Yanis est le premier à les lire. Quant à lui, c'est le champion du calcul et de la logique ! Un vrai petit ordinateur ! L'un et l'autre s'entraident sans cesse, sans moquerie ni jugement. Un vrai bonheur !

Je profite de l'exercice de maths pour les observer. J'avais quasiment oublié Nathan. Il est toujours très concentré sur son travail. Je pense même qu'il a déjà terminé. Il s'occupe tranquillement, silencieusement, isolé dans son monde…

— Maitresse ! J'ai perdu une dent !

Eloan interrompt mes pensées !

— Donne-là à Julian pour sa grand-mère !

— Simon ! Ça suffit comme ça !

Et c'est reparti pour un tour ! J'avoue que je me retiens aussi de rire !

— Eloan, va te rincer la bouche ! Les autres, je crois qu'il est temps d'aller en récré !

Oui, ouf ! Il est temps ! Mais au moment où je suis prête à ouvrir la porte de la volière pour relâcher mes petits oiseaux assoiffés de liberté, je tombe nez à nez avec Christine, la directrice, qui s'apprêtait à frapper.

— Euh… Lisa ? Il y a quelqu'un qui te demande. Tu as un oncle ?

Non, non, non, il n'a pas osé venir à l'école ?

— Tonton… Jean ?

— Oui, je crois…Le voilà. Bon, je vous laisse, je retourne à mon bureau.

— Bonjour les enfants ! Désolé de vous déranger, mais tu as oublié ça à la maison ! J'ai pensé qu'il valait mieux que je les apporte !

Et ben si ! Il a osé ! Et le voilà planté là, sur le seuil de la classe avec le carton de guirlandes ! Je ne sais plus quoi dire. Mais c'est soudain très calme… Étrange, d'autant qu'ils étaient tous prêts à se précipiter dehors… Les enfants ont les yeux fixés sur « Tonton », la bouche ouverte… C'est Clément qui commence à bouger en premier :

— Maîtresse… c'est… c'est … Le Père Noël…

Léa se tourne vers Albertine :

— Tu vois, je savais bien que tu racontais n'importe quoi ! Tu disais qu'il n'existait pas, eh ben, c'est pas vrai ! Tu vois bien !

Albertine n'arrive pas à sortir un mot pour répondre, c'est dire si elle est sous le choc ! Comme tous les autres d'ailleurs.

— Chut, les enfants ! Je suis ici incognito ! Ho, Ho, Ho !

— Mais qu'est-ce que tu fais là ? Tu prépares pas Noël ?

— Mais non, tu sais bien que c'est les lutins qui préparent ! Lui, il doit se reposer pour être en forme le vingt-quatre décembre !

Incroyable ! Ils font les questions et les réponses. Ça tombe bien, parce que là, je ne sais plus du tout quoi dire… Ce n'est pas le cas de Jean…

— Tu as raison, et ils travaillent dur ! Ils ont un peu de mal à trouver le livre qu'Albertine a commandé, je dois dire. Mais ils y mettraient surement beaucoup plus d'entrain si elle se préoccupait un peu de ses camarades au lieu de ne penser qu'à elle, n'est-ce pas jeune fille ?

La jeune fille en question, rouge comme une belle rose en a perdu ses épines…

— Oui… Père Noël…

— Appelez-moi « tonton Jean », ce sera plus discret !

—Mais tout le monde te reconnait !

— Eh non, figure-toi ! Les adultes ne voient pas si bien que vous ! Sans mon costume, je passe inaperçu. Il y en a même qui ont oublié que j'existe, vous le savez bien !

— Mais, tu es vraiment le tonton de la maitresse ?

Léa semble admirative !

— Pas tout à fait ! Et si je vous racontais toute l'histoire ? Qu'en penses-tu Lisa ?

J'en pense qu'au point où nous en sommes, on peut bien sacrifier la récréation ! D'autant qu'ils sont tous en train de me supplier avec ce fameux regard qui fait fondre immédiatement une maitresse comme un chamallow au barbecue… Et puis est-ce que je peux résister à Nathan, qui vient de se coller à notre invité surprise, sans un mot, comme d'habitude, et qui le serre fort en fermant ses jolis yeux bleus. Nos regards se croisent. Et si on pouvait tout simplement mettre un peu de bonheur dans le cœur d'un petit garçon ?

Entre belles histoires de Noël et démonstration de confection de guirlandes, les enfants en auraient presque oublié l'heure de la sortie et c'est plein d'étoiles dans les yeux que je les rends à leurs parents pour le déjeuner.
Christine nous a rejoints.
— Nous n'avons pas eu le temps de nous présenter tout à l'heure. Je suis enchantée de faire votre connaissance.
— Moi de même chère Madame !
— Permettez-moi une question : Vous restez longtemps ici ? Je ne sais pas si on vous l'a déjà dit, mais vous ressemblez beaucoup au Père Noël !
— On me l'a déjà dit une ou deux fois, c'est vrai !
Je manque de m'étouffer en essayant de réprimer le fou rire qui me vient ! Lui, il peut rigoler dans sa barbe au moins !
— Jeudi, c'est le marché de Noël de l'école. Seriez-vous d'accord pour vous déguiser et surprendre les enfants ?
Là, il faut que j'intervienne !

— Ah, mais, il ne va pas rester jusqu'à jeudi, malheureusement ! Son traineau… enfin, je veux dire… son train est programmé au plus tard pour mercredi.
— Ah ? C'est bien dommage !
— Oui, effectivement ! Mais s'il y a un contretemps, j'en serais ravi !

Un contretemps ? Mais quel contretemps ? Reste calme !

— Tu te souviens qu'il faut que tu sois rentré le plus vite possible ! « Tata » va finir par s'inquiéter !!
— Ho, ho ho ! Oui, tu as raison ! Mais ce n'est pas la peine de t'affoler !

Non, bien sûr, facile à dire !

Bon, la journée s'est terminée paisiblement, si on met de côté les centaines de questions des enfants sur mon « tonton » ! Ils ont maintenant l'impression d'être investis d'une mission secrète pour la sauvegarde de Noël ! Bonjour la concentration pour la fin de la semaine ! Heureusement, les vacances sont dans trois jours ! Et Noël… Dans six !

En rentrant, je retrouve toute ma petite bande chez Paul : Lucas, plus assidu que jamais, Alexandre, au petit soin pour Toufic, et Milo, toujours aussi énergique, couché près de son nouveau copain.

Je commence à prendre l'habitude des chocolats chauds, des rires, et de la présence chaleureuse de mes… amis ? Oui, des amis ! Je m'inquiète un peu soudain : Que se passera-t-il quand le Père Noël aura rejoint le Pôle Nord ?

Que restera-t-il de notre petit groupe ? Je n'ai plus envie d'être seule…

Mauvaise Journée

Je n'ai pas très bien dormi. Je ne sais pas pourquoi, mais cela ressemble à ces débuts de journée où on se dit que tout va aller de travers. Enfin, sûrement juste une mauvaise impression. Espérons-le !
— Je pense que c'est assez remué, non ?
— Hein ?
— Ton chocolat ! Tu le remues depuis cinq bonnes minutes ! Il doit être froid !
Effectivement ! Il est froid. Pfffffff, je retournerais bien dans mon lit ! Mais à défaut de réveil, c'est la sonnette qui vient de me sortir de ma léthargie ! Qui peut bien venir à cette heure-ci ?
— Alex ? Qu'est-ce qui se passe ?
— On a un souci ! J'étais en train de courir au parc et en passant devant l'enclos des daims, il y avait le maire avec quelques conseillers et un gendarme. Quelqu'un leur a signalé la présence de notre ami !
— Et alors ?
— Alors ? Je me suis immiscé dans la conversation. Comme c'est un animal sauvage, ils ont peur

de ses réactions, qu'il soit agressif et qu'il s'attaque à un daim voire même à un enfant qui s'approcherait de trop près. J'ai bien tenté de leur parler et d'affirmer que ces animaux n'étaient pas dangereux, mais le maire ne veut prendre aucun risque !
— C'est-à-dire ?
— Il compte appeler les zoos du coin, mais s'ils n'ont pas de réponse positive pour l'accueillir d'ici demain soir….

Je n'aime pas trop ce silence…
— Pourquoi tu t'arrêtes ? Ils vont faire quoi ?
— Et bien… Ils parlent de… de l'abattre…
— DE L'ABATTRE ?

Je suis horrifiée par ce que je viens d'entendre. Je dois encore être au milieu de ma mauvaise nuit, en plein cauchemar.
— Mais c'est impossible !! On doit faire quelque chose !
— Pas de panique ! On se calme ! A chaque problème sa solution !

Le Père Noël vient de nous rejoindre. Mais comment peut-il rester aussi calme ? C'est l'esprit de Noël ou quoi ?
— Et pour Toufic ? Ils sont au courant ?
— Non, heureusement !
— Bon très bien ! Lisa, je t'accompagne à l'école et je passe à la mairie pour essayer de voir le maire et de le convaincre. Tu devrais peut-être mettre autre chose que ton pyjama, non ?

Bon sang ! C'est vrai, je ne suis toujours pas habillée et il est déjà 7h45 ! Je n'ai plus qu'à faire une croix sur mon chocolat froid et zapper le passage maquillage ! Tant pis pour les horribles cernes de ma nuit agitée ! Quand je disais que c'était une mauvaise journée ? Et j'ai comme l'intuition que ça pourrait encore se compliquer…

Ouf ! 8 h 15 ! C'était juste ! J'arrive rarement aussi tard, mais on est dans les temps…
Ouh la ! Qu'est-ce qui se passe encore ? Christine à la grille avec un groupe de parents, ça n'annonce rien de bon…
— Dis-donc, ce ne serait pas la maman du petit Nathan qui était à la boulangerie hier ?
Mais oui, c'est bien elle en train de pleurer à chaudes larmes dans les bras de la directrice…
— Mais qu'est-ce qui se passe ?
— Venez, je vais vous expliquer, mais on va d'abord entrer pour éloigner madame de cette foule. Allons dans mon bureau.

J'arrive dans le bureau avec une tasse de café bien chaud pour la maman. J'en aurais bien besoin moi aussi, mais on verra ça plus tard…
— Nathan a disparu !
— Quoi ? Comment ça, disparu ?
Je manque de tomber à la renverse. A cet instant, je n'ai plus envie de plaisanter avec ma mauvaise journée !
— Hier, je me suis disputée avec Lucas. Encore ! Mais cette fois, je ne l'ai jamais vu comme ça, si perturbé, agressif. Il a fini par prendre son sac et partir en claquant la porte. J'ai renoncé à lui courir après depuis longtemps. Et puis, je ne pouvais pas laisser Nathan tout seul. Oh, si leur papa était encore là, il saurait comment faire…

Ludo, le maître de Cp arrive au bon moment avec un paquet de mouchoirs.
— Mais, et Nathan ?
— Je croyais qu'il dormait, mais il a surement dû entendre notre dispute. Au matin, quand je suis allée le réveiller, il n'était plus dans son lit ! Je me suis précipitée dans la chambre de Lucas, mais lui non plus n'était pas rentré de la nuit ! Oh, mais qu'est-ce que j'ai fait !
— Allez, calmez-vous, on va les retrouver ! Vous n'avez pas une idée de l'endroit où ils auraient pu aller ? amis ? famille ?
— Non, nous n'avons pas de famille ici et peu d'amis, en tout cas, pas que Lucas accepte et auxquels Nathan parle.. Nathan… il est si petit…

Aïe ! Mais, il fait quoi le papa Noël ? Il est en train de me pincer ou je rêve ? Il est encore là ? Avec tout ça, il a réussi à passer inaperçu ! Il faut quand même le faire.
— Lisa !
Il va arrêter de me mettre des coups de coude ? Ça fait mal !
— Lisa !... La grange…
Quoi, la grange ?... Mais oui, la grange ! Pourquoi pas ?
— Il faut prévenir la gendarmerie.
— Attends Ludo, j'ai peut-être une idée de l'endroit où pourrait se cacher Lucas ! Peut-être que son frère l'aurait suivi ou qu'il saurait où le trouver ?
— Eh bien soit ! Où est-ce ?
Euh… Soucis… Je ne pouvais pas le mener à

la grange avec le traineau et Toufic… Une bonne idée Père Noël ?

— Lisa, cela ira plus vite si tu y vas toi-même ! Et Nathan a confiance en toi.

— Euh…oui…d'accord…mais mes élèves ?

— Ne t'inquiète pas, je m'en occupe !

Antoine ! Notre super remplaçant de choc ! Toujours là quand on a besoin de lui.

— Merci Antoine, je pars immédiatement.

— Je viens avec vous !

— Oui, Lisa, emmène madame avec toi. Je m'occupe du renne.

— Du renne ? Quel renne ?

— Je t'expliquerai plus tard Christine. Ne perdons pas de temps…

Sur le chemin, je me demande comment je vais bien pouvoir expliquer justement la présence de Toufic à cette jeune dame. Mais je ne pouvais pas lui refuser de m'accompagner. J'improviserai pour une fois.

— Où pensez-vous que Lucas soit allé ?

— Il est possible qu'il se soit réfugié dans la grange de mon voisin.

— Là où est le traineau ?

— Oui ! Depuis deux jours que ces deux-là travaillent ensemble, il est beaucoup plus beau ! Lucas fait un travail magnifique !

— Comment ça ? Lucas est revenu vous voir ?

— Bien sûr ! Il ne vous a rien dit ? Bon au début c'était un peu tendu entre Paul et lui, mais finalement, ils ont beaucoup à partager. Il a même du mal à le renvoyer le soir ! Vous avez remarqué.

— Alors, c'est ça… Pourquoi il ne m'a rien dit ?
— Vous n'étiez vraiment pas au courant ?
— Mais non ! Je lui ai écrit un message comme votre oncle me l'avait suggéré, mais je l'ai retrouvé déchiré sur son lit. J'ai pensé qu'il n'était jamais venu… C'était justement l'objet de notre dispute : J'avais caché la clé pour l'empêcher de sortir en pensant qu'il passait ses soirées à faire des bêtises. Il s'est fâché jusqu'à pleurer de colère en me disant que je n'aurais jamais confiance en lui, qu'il était un bon à rien et que c'était lui qui aurait dû mourir à la place de son père. Et il est parti en passant par la fenêtre.

Je crois qu'elle n'a plus assez de larmes pour pleurer. Quant à moi, je ne regrette pas de ne pas avoir de maquillage ce matin…

— Lisa !
— Alex !

J'ai croisé Jean, il m'a dit ce qui s'était passé ! Vous allez voir à la grange ?

— Oui, mais regarde !

Je ne rêve pas ! Paul est devant la porte de la grange en question avec sa pelle à neige levée au ciel.

— Paul ? Que faites-vous avec votre pelle ?
— Quelqu'un est entré dans ma grange cette nuit ! J'ai entendu du bruit et il y a de la lumière.

Drôle de coïncidence !

— Avant d'assommer qui que ce soit, posez cette pelle, s'il vous plait. On pense savoir qui joue les squatters. Vous permettez ?

Le temps qu'il retrouve un semblant de calme, je tente une entrée.

— Lucas ?... Lucas ?... Tu es là ?
— Oui. Je suis ici !
— LUCAS !

Cette fois, comme sa mère vient de se jeter sur lui et de le serrer fort dans ses bras, il ne risque plus de filer !

— Maman ? Mais qu'est-ce que tu fais là ? Comment tu m'as trouvé ?
— Lucas, c'est moi qui l'ai emmenée ici. Mais on verra ça plus tard. Écoute. C'est très important. Sais-tu où est Nathan ?
— Nathan ? Non, mais pourquoi ? Comment je le saurais ? Il est pas à l'école ?
— Justement non. On pensait qu'il t'avait peut-être suivi hier soir. Il n'était pas dans sa chambre quand ta maman est venue le réveiller ce matin et son lit n'était pas défait.
— Quoi ? Oh non ! C'est pas vrai ! C'est de ma faute ! Il faut le retrouver ! Maman, je suis désolé !

Ce garçon joue les durs, mais là, c'est une tout autre facette de lui qu'il nous montre. Une chose est sûre, il tient à son petit frère. Mais on ne risque pas d'avancer dans nos recherches si tout le monde se met à paniquer ! Il va falloir commencer à réfléchir plus calmement.

— Ouaf ! Ouaf !
— Milo ? Qu'est-ce qui te prend tout à coup ? Ce n'est vraiment pas le moment de jouer !

Qu'est-ce qui lui arrive ? Lui d'habitude si plan-plan, va finir par arracher la manche de son maitre s'il continue à lui tirer dessus comme ça. Eh ben voilà ! C'est fait !

— Milo ! Mais ça va pas ? Reviens immédiatement !

Étrange ! Lui qui obéit si bien d'habitude… J'ai soudain une intuition.

— On devrait le suivre. On dirait qu'il veut nous montrer quelque chose. Regardez, il va vers Toufic, il a peut-être un problème ?

— Est-ce que… c'est… c'est…

— Euh… oui, c'est bien un renne ! Je vous expliquerai plus tard !

Je ne sais pas trop quelle raison je vais bien pouvoir inventer pour justifier la présence d'un renne dans cette grange, mais au moins je gagne un peu de temps pour y réfléchir…

— Venez donc voir ce que je viens de trouver…

Allez, c'est reparti pour une nouvelle surprise… Qu'est-ce qu'Alex et son chien fouineur ont encore à nous montrer ? Mais… Incroyable ! Quel soulagement ! Couché sur la paille au côté de notre animal préféré, un petit Nathan tout penaud qui vient visiblement tout juste d'être réveillé par Milo qui continue de lui infliger une séance de léchettes en règle.

— MON BÉBÉ !

Bon sang… Je crois que les émotions ont eu raison de cette pauvre maman épuisée qui vient de s'évanouir dans les bras de Paul qui avait, heureusement, fini par lâcher sa pelle.

Bon, on va ramener tout ce petit monde chez moi pour que chacun reprenne ses esprits.

Technique de Papa Noël, nous voilà tous devant une bonne tasse de chocolat chaud ! A part

Alex qui a dû retourner à son cabinet, et Paul qui remet un peu d'ordre dans sa grange. Enfin, c'est ce qu'il a voulu nous faire croire avec son petit air agacé, mais je l'ai bien vu observer le traineau ! Lucas a dû travailler une bonne partie de la nuit et Paul était visiblement très impatient d'aller jeter un œil au travail de son jeune apprenti…

Le calme retrouvé, Lucas a enfin eut le courage de parler à sa mère. Il faut dire qu'il a eu très peur lorsqu'elle s'est effondrée ! Il a fini par lui avouer qu'il adorait travailler avec Paul, que ça le rendait heureux ! Seulement, il avait l'impression de trahir son père en passant de si bons moments avec mon voisin. Il avait eu peur qu'elle lui en veuille et qu'elle croit qu'il avait oublié son papa.

Je ne compte plus les boites de mouchoirs échouées dans nos mares de larmes…

— Tu ne trahis pas ton père, Lucas, bien au contraire ! Il serait tellement fier que tu continues à faire ce qu'il t'a appris ! Cette passion, c'est lui qui te l'a transmise, je le vois en toi et c'est le plus beau des cadeaux que tu puisses me faire !

Nathan vient de se jeter sur eux ! Câlin général ! Cela doit faire bien longtemps que ce n'était pas arrivé !

— Ah ! Je vois que tout le monde va bien !

Comment il fait pour toujours débarquer sans qu'on le voie ? Il n'a pourtant pas une allure discrète, le bonhomme. Paul, qui l'accompagne, n'a pas sa tête des bons jours. Je ne sais pas ce qu'ils vont nous annoncer mais ça ne sent pas la bonne nouvelle…

— Alors, ils ont dit quoi à la mairie ?

— Eh bien, le maire n'a pas été très conciliant.
— C'est-à-dire ?
— Il va appeler la gendarmerie et la fourrière pour s'occuper d'Éclair…
— S'en occuper ? Mais qu'est-ce que tu entends par là ?
— Aucun zoo dans le coin n'a de place pour l'accueillir pour l'instant. Ils cherchent un endroit pour l'enfermer en attendant.

Plus personne ne sait quoi dire…
— Mais… D'où viennent ces rennes ?

Il fallait bien que Julie, la maman des garçons, pose la question à un moment ou à un autre.
— Euh… On ne sait pas trop. Mais nous les avons trouvés dans l'enclos des daims avec Jean et Alex. Et celui que vous avez vu chez Paul est blessé. Nous avons décidé de le ramener dans la grange pour le soigner. Comme vous le voyez, aucun d'entre eux n'est dangereux. Ils seraient très bien avec les daims. Mais vous connaissez le maire. Il ne veut prendre aucun risque !
— Quelle tristesse ! Imaginez les enfants voyant des rennes mis en cage juste avant Noël…

Eh ! Mais… Ça me donne une idée !
— Quand doivent-ils venir le chercher ?
— Dès cet après-midi. Vers 15 h 00 je crois.
— Parfait ! J'ai peut-être une solution. En tout cas, cela ne coûte rien d'essayer. Allez oust ! Tout le monde dehors ! Enfin presque, Jean, tu commences à prendre racine ici ! On se retrouve tout à l'heure à l'école. Julie, avant de partir, j'ai un petit service à vous demander…

Opération commando de Noël

13 h 30. Comme prévu, tous les parents qui ont pu se libérer sont là ! Julie les a contactés pendant l'heure du déjeuner en leur expliquant la situation et mon idée de génie ! Ben quoi, l'autosatisfaction, ça fait du bien des fois ! Enfin bref !

De mon côté, j'ai demandé son accord à Christine pour mon opération « commando de Noël ». Elle a tellement aimé l'idée qu'elle a, elle aussi, prévenu les parents d'élèves de sa classe.

Munis de nos armes secrètes, bonnets de Noël et guirlandes en tout genre, nous commençons notre joyeuse procession jusqu'au parc des daims.

Les autorités sont déjà là et restent bouche-bée à l'approche de notre bruyante assemblée.

C'est le bon moment pour commencer le spectacle ! Je me lance :

— Regardez les enfants ! Le voilà ! Le renne du Père Noël !

Et c'est parti ! Les enfants rient, crient, applaudissent et pour une fois, je ne leur demande pas de se taire…

— Maitresse, c'est lequel de renne ?

— Ah ça, c'est à Tonton Jean qu'il faut le demander ! C'est lui le spécialiste !

Une bonne aubaine pour passer le relai à mon ami qui risque bien de les occuper un moment…

Voilà enfin le Maire qui s'approche. Il n'a pas l'air d'excellente humeur ! Moi, je jubile !

— Mais… Qu'est-ce que c'est que ce cirque ?

— Monsieur le Maire ! Bonjour ! Comment allez-vous ? Du cirque dites-vous ?

— Que font tous ces enfants ici ?

— Ah ! Quelle chance ! Des rennes dans notre parc ! Avec les parents d'élèves, nous avons trouvé que c'était une superbe idée de faire une petite sortie pour les voir et entretenir l'esprit de Noël, qui se perd un peu ces derniers temps. Regardez comme ils sont heureux !

Lui, en tout cas, il ne l'est pas vraiment ! Il est aussi rouge que le bonnet clignotant de Simon !

— Je vois bien, oui ! Mais comment on va faire maintenant pour l'enfermer ?

— L'ENFERMER ?

Je viens de hurler le mot pour que tout le monde l'entende bien, en particulier les enfants !

— Quoi, maitresse ? Ils veulent enfermer Éclair ?
— J'en ai bien peur, les enfants…

Allez, c'est parti pour une petite révolte dans les règles de l'art ! On a droit à tout : Les cris, les pleurs, le sitting… Et ce n'est pas moi qui vais intervenir…
— Nathan !

Voilà autre chose… Nathan vient de se faufiler sous la barrière et de se coller à Éclair ! Euh… Ce n'était pas vraiment prévu ça… Et Milo qui le rejoint, maintenant ! Alex qui vient d'arriver, ne semble pas trop inquiet.

Il n'en fallait pas plus pour motiver les troupes ! Tous les enfants se débrouillent pour rejoindre leur camarade. Même les parents s'y mettent maintenant, ils portent directement leurs petits lutins au-dessus des planches de bois.

Notre renne a l'air ravi d'avoir soudain autant de compagnie ! Il se couche tranquillement, les pattes en l'air et se laisse gratouiller, papouiller, caresser… Oh mais, il y en a un qui trouve ça aussi très sympa ! Notre Milo, imite vite son grand copain et se retrouve également vite assailli par la petite troupe ! Quel beau moment ! Le Père Noël n'oubliera certainement jamais ces instants…

Par contre, il y en a un que j'avais un peu vite oublié : Le Maire est, lui, au bord de la crise cardiaque ! Il finit par reprendre ses esprits !
— Bon ! Ça suffit maintenant, tout ce cirque ! Allez, embarquez-moi cette bestiole et on n'en parle plus !

J'avoue que je suis un peu dépassée… J'ai l'impression de me retrouver entre un film de

Noël à l'eau de rose et une opération sauvetage animalier ! Ça commence à s'emballer un peu dans ma tête… Même si les gendarmes et les employés de la fourrière ne semblent pas très chauds à l'idée de s'opposer à une troupe d'enfants survoltés, ils vont bien finir par devoir faire leur travail… Je regarde Alex, désespérée….

— Je crois que j'ai une idée !

Et hop ! Encore un qui saute la barrière ! Je ne sais pas si une personne de plus auprès de l'animal changera quelque chose. Mais… Un vétérinaire, finalement… Pourquoi pas….

— Impossible d'emmener cet animal !

— Je vous demande pardon ? Je peux savoir pourquoi ? Et vous êtes qui vous d'abord ?

— Alexandre Brimat. Vétérinaire. Enchanté de faire votre connaissance, Monsieur le Maire. Cet animal est asthmatique !

J'ai failli m'étouffer de rire ! Le maire, lui, manque de s'étouffer tout court !

— C'est ridicule !! Un renne asthmatique ! Et pourquoi pas une poule avec la varicelle pendant qu'on y est ! Vous vous fichez de moi ?

— Pas du tout ! Et si vous enfermez cet animal, son état de santé va se dégrader très rapidement et sa vie pourrait être en danger.

Nouveaux reniflements, chouinements de mes petits acteurs en herbe et indignation des parents ! Bien joué Alex !

— Je… enfin… Mais c'est n'importe quoi !

— Au fait, comment va Kiwi ?

— Quoi ? Qu'est-ce que… ?

— Kiwi ! C'est bien comme ça que s'appelle le bichon de votre épouse ? Elle est venue me voir pour un petit souci de perte d'appétit. Votre femme est une personne charmante ! Très concernée par la cause animale à ce qu'il parait ?

Alors, là, il est très fort ! Se servir de sa femme pour négocier, du grand art ! Notre homme passe du rouge au blanc en moins d'une minute !

— Mais enfin… oui… mais…

— Elle est au courant pour le renne ?

— Non… pas encore… mais j'allais lui en parler… bien sûr…

— Bien sûr !

— Bon Monsieur le Maire, on fait quoi alors ? Les gendarmes commencent à s'impatienter.

— Comment ? Je… euh… bon. Je dois réfléchir. On verra ça demain. Vous m'assurez qu'on ne risque rien avec cet animal sauvage dans le parc ?

— Vous le trouvez franchement sauvage ?

C'est vrai qu'avec une bande de gosses à moitié couchés sur lui, il fait vraiment très peur !

— Très bien !

Il ne cherche même pas à rajouter quoi que ce soit et tourne les talons sans dire un mot, vexé ne pas avoir réussi à réaliser ses projets !

— Et bonjour à Kiwi !

Fou rire contenu ! On attend qu'il soit un peu éloigné pour laisser éclater notre joie ! Et c'est une véritable explosion ! Même Éclair se lance dans de joyeuses cabrioles pour remercier ses petits sauveurs. Mais le vrai héros, il faut l'avouer, c'est notre Alex !

— Merci beaucoup ! Sans toi, qui sait ce qui serait arrivé à Éclair !

— De rien, je crois que tout ça commence à vraiment bien m'amuser !

Bon, il est temps de ramener tout ce beau monde à l'école. Cela ne va pas être simple de les motiver à travailler pendant la petite heure qu'il nous reste. Mais ce moment aura été incroyable…

Après cette journée plus qu'éprouvante, je suis heureuse de pouvoir m'affaler sur le canapé avec une bonne tasse de thé ! (overdose de chocolat chaud ! c'est bon, mais faudrait pas abuser !) Le repas a été très calme et nous a permis de recharger les batteries.

— On a gagné une, voire deux journées, mais ensuite ?

— Eh bien, nous verrons ! Peut-être que d'ici là, nous trouverons une solution !

— Tu sais que ton optimisme peut parfois devenir très énervant ?

— Et comment peux-tu t'inquiéter toujours pour tout ? Cela doit être épuisant !

— Je confirme ! D'ailleurs, j'y pense, il y a encore des tonnes de choses à préparer pour le marché de jeudi !

— Ah, mais je crois que maintenant, tu as plus d'une personne sur qui tu peux compter pour t'aider, n'est-ce pas ? Il suffirait juste de demander…

Préparatifs

Réveil douloureux ! C'est ça de s'endormir sur le canapé ! Après la journée d'hier, je n'ai même pas eu le courage de monter jusqu'à mon lit. Je me suis endormie au salon. En tout cas, on a bien pris soin de moi : Je suis recouverte d'une belle couverture chaude et c'est sûrement la bonne odeur du chocolat chaud qui m'a sortie de mon sommeil.

— Tu sais que c'est mercredi, le jour des enfants ET accessoirement celui des maitresses, donc j'ai le droit de rester enroulée dans cette couverture toute la journée si je veux ! D'ailleurs, elle sort d'où ? Elle n'est pas à moi.

— Couverture spéciale en cas de grand froid ou de besoin urgent de réconfort ! Exclusivité de Madame Noël, cousue par ses soins !

— Un vrai privilège ! Voilà pourquoi j'ai si bien dormi !

Par contre pour se réveiller, c'est autre chose… Je fermerais bien encore un peu les yeux…

— Eh ! Jeune fille ! Je croyais qu'on avait un marché de Noël à préparer !

Oui, c'est vrai… Allez, c'est reparti pour une journée bien remplie…

Comment suis-je passée de ma douce couverture à mon jean-baskets ? Aucune idée ! Mais je suis prête pour attaquer.

Et je ne suis pas la seule : Il est 10 h 30 et c'est branle-le-bas combat. Julie a débarqué à 9 h 30 avec les garçons. Désireuse de nous remercier, elle a voulu profiter de son jour de congés pour nous aider à préparer la fête. Elle s'est d'ailleurs mise dans la tête de réquisitionner tous les parents disponibles pour mettre en place le marché dans l'après-midi. Avec l'aval de Christine, elle a été jusqu'à organiser un atelier pâtisserie à l'école avec les enfants volontaires. Autant dire qu'aucun de mes Ce2 ne manquent à l'appel ! Et me voilà en train de faire des sablés avec Nathan et toute ma petite troupe au grand complet ! Cette aventure a encore renforcé les liens dans notre classe…

Evidemment, Albertine rechigne à mettre les mains dans la pâte ! Lucie lit les recettes, pendant que Yanis dose précisément les ingrédients en fonction du nombre de biscuits, Simon…vient de lancer une bataille de farine !! Et Nathan vient de nous faire un de ses plus magnifiques sourires… Julie l'a remarqué, elle-aussi. Je vois ses yeux humides. C'est bon de voir cette maman enfin revivre un peu…

Après quelques gâteaux brûlés, un grand ménage et une dégustation en règle, c'est l'heure de la détente.

Alex et le Père Noël nous ont rejoints. Tout est sous contrôle, pour l'instant, en ce qui concerne les rennes. Le maire a malheureusement réussi à convaincre sa femme qu'il serait préférable d'extrader Éclair dans un cirque, pour son bien, mais il ne peut toujours pas intervenir : Les gens du village se sont mobilisés pour qu'il y ait en permanence quelqu'un de présent devant l'enclos pour l'empêcher de faire quoi que ce soit. Cette fois, il va lui falloir l'aide du préfet pour arriver à ses fins. Mais il est trop têtu pour accepter de perdre la face ! Je suis convaincue qu'il n'a pas dit son dernier mot…

Mais où est passé Jean ? Ah, le voilà, à la porte. Il a rejoint Paul et Lucas qui viennent de l'interpeler discrètement. Les deux compères se sont enfermés dans la grange depuis ce matin pour je ne sais quelle raison. Décidément, ils ne se quittent plus ! Mais qu'est-ce qu'ils font là ?

— Que se passe-t-il ?

— Rien, tout va bien !

Ces trois-là ont le même air coupable de mes petits élèves lorsqu'ils tentent de me cacher quelque chose… Mais je n'ai pas le temps d'insister, Nathan vient de me prendre par la main et m'emmène dans le coin bibliothèque en faisant signe à tout le monde de s'asseoir. Samia vient à son tour chercher Tonton Jean.

— Père Noël, tu nous racontes des histoires ?

Et c'est une autre magnifique journée qui s'achève dans la douceur et le calme semblable à une veillée d'un autre temps…

Jour de fête

Cela devait être un jour de fête magnifique avec tous les préparatifs que nous avions faits ensemble. Et pourtant… il ne s'annonce pas bien du tout…

Alex vient de débarquer sur le pas de la porte. Il est 7h30. Lors de sa course matinale, il a vu le maire, les gendarmes et un camion de transport de bestiaux. Ça ne sent pas très bon…

— Il sait très bien qu'il ne peut pas intervenir dans la journée. Mais à cette heure-ci, il n'aura pas de problème !

C'est la douche froide. Néanmoins, nous étions tous conscients que la situation ne durerait pas éternellement. Cette fois, je sens que même tonton Jean est un peu chamboulé…

— On va devoir improviser, et vite ! Il nous faut l'aide de Paul !

Pas besoin d'attendre, le voilà qui arrive dans l'allée.

— Je vous ai vus arriver, j'étais en train de pelleter. Je suis un peu insomniaque…

On lui explique rapidement la situation.

— Mais je ne peux pas garder les deux ! La grange n'est pas extensible !

— J'en suis consciente, mais c'est une situation d'urgence ! On trouvera une autre solution plus tard !

En tout cas, j'essaie de m'en persuader...

— Très bien.... Mais pour une journée seulement ! On va finir par se faire repérer... par contre, il va falloir occuper le maire pendant qu'on évacue Éclair !

— J'ai peut-être une solution ! Quelqu'un me doit un service... Pas le temps de vous expliquer. Je vous confie Milo. Occupez-vous du renne !

Et le voilà reparti vitesse grand V en direction de la ferme des Claudel. Mais il a combien d'idées à la seconde, celui-ci ? Qu'est-ce qu'il mijote encore ? En tout cas, il a raison ! Pas de temps à perdre. Je lui fais confiance. A nous de jouer !

Il nous a fallu près d'une demi-heure pour ramener Éclair auprès de son ami dans la grange, qui commence sérieusement à devenir étroite entre le traineau et les deux animaux qui, soit dit en passant, étaient ravis de se retrouver !

Pas de trace du maire ni des gendarmes. Visiblement, l'idée d'Alex était bonne. Qu'a-t-il bien pu inventer ?

Paul est resté monter la garde avec Milo et je me rends tout naturellement à l'école accompagnée de mon ami du Grand Nord dont les enfants ne peuvent plus se passer.

Un attroupement attire notre attention : Le tracteur des Claudel est sur le bord de la route avec la remorque au milieu, devant la camionnette des gendarmes. D'énormes bottes de foin bloquent totalement la circulation. Avec la neige en plus, impossible de passer. Je sens d'ici un joli coup monté…

D'autant que j'aperçois Alex faussement choqué par la situation qui tente de calmer un maire au bord de l'hystérie, rouge comme un bonnet de Noël !

Les gendarmes sont occupés à rétablir un semblant de circulation pour permettre au moins aux voitures de passer, mais pour le camion, impossible ! Il va falloir patienter pour qu'un autre tracteur équipé de pinces, vienne pour remettre les bottes dans la remorque ! Quel dommage !

Monsieur Claudel tente de se justifier :

— J'comprends pas, M'sieur le Maire, d'habitude je vérifie par deux fois qu'la remorque est bien fermée ! Je sais vraiment pas c'qui s'est passé ! Mais il faut dire qu'vos nouveaux ralentisseurs, ça aide pas trop ! Sont quand même drôlement hauts ! Même pour les tracteurs ! Et c'est encore moins simple avec des remorques ! On vous l'avait bien dit !

Et toc ! On en profite pour une petite attaque personnelle en passant ! J'ai l'impression qu'il s'amuse !

— Charly ne s'est pas fait prier pour me rendre ce petit service ! Et je crois que même si je n'étais pas venu soigner sa vache en pleine nuit l'autre jour, il aurait accepté de venir sans soucis juste pour le plaisir d'enquiquiner le Maire !

On étouffe un fou-rire, histoire de ne pas paraitre trop suspects !

— Fais attention, c'est toi qui vas devoir prendre la place du Maire aux prochaines élections ! A peine arrivé, tu as déjà tout le monde dans la poche !

— Je ne suis pas si populaire…

— Mais personne ne te résiste…

— Maitresse !! La directrice elle a tapé dans les mains ! On rentre !

Ah ben oui, très bonne idée en fait ! On quitte les yeux bleu hypnotisant du vétérinaire et tout le monde en classe !

La journée passe à une vitesse folle ! Les enfants sont surexcités ! Difficile de reprendre en chœur les chants de Noël pour le spectacle, il y en a toujours un pour faire une réflexion, avoir une envie pressante ou…pour tomber de sa chaise !

Albertine va finir par avoir un malaise devant le manque de sérieux de ses camarades. Elle consent néanmoins à tendre la main à Simon pour l'aider à se relever. Elle lui ramasse même son bonnet.

Le garçon, aussi surpris que nous, lui lance naturellement :

— T'es vraiment belle quand tu souris…

Nous restons tous bouche-bée ! De longues secondes se passent en attendant la réaction de la belle en question. La surprise passée, la voilà qui prend le bonnet clignotant et qui le met sur sa propre tête. C'est l'éclat de rire général ! Simon finit par lui proposer de le porter pendant la représentation de ce soir, mais il ne faut pas trop exagérer non plus !

C'est le moment que choisit Paul, accompagné de Lucas pour faire son entrée.

Et là, tout de suite, c'est une autre ambiance… Louis vient de mettre un coup de coude à Kevin en disant :

— Regarde, c'est le sorcier !

Aïe ! A force de vouloir jouer les méchants, il a bien réussi son coup !

— Un sorcier ? Pensez donc !

Père Noël à la rescousse, comme toujours !

— C'est mon assistant particulier, mais chut ! C'est un secret ! Voilà pourquoi il fait semblant de vous faire peur. Il faut qu'il reste discret ! Imaginez si on découvrait son atelier ? Il est responsable des décorations de notre village au pôle Nord ! Ses modèles sont reproduits par les lutins spécialisés une fois qu'il les a créés ! Autant dire quelle responsabilité il a dans les fêtes de Noël !

Les enfants ne savent plus quoi dire ou penser… Le silence devient pesant… Mais on peut toujours compter sur Samia ! Elle s'approche d'un pas calme, mais décidé :

— Il y a quoi dans ta caisse, Monsieur ?

Paul reste immobile telle une statue avec sa caisse dans les mains sans pouvoir dire quoi que ce soit.

C'est Lucas qui prend les choses en mains, en posant devant la petite fille sa propre caisse. Le garçon est transformé !

— Il s'appelle Paul, mais bon, vu son âge avancé, vous pouvez l'appeler papi !

Bon, il n'a pas complétement changé, non plus, il faut qu'il en profite pour lui envoyer un petit pic en passant ! Papi Paul lui lance un regard faussement méchant, avec un petit sourire en coin ! Le jeune homme a réussi à détendre l'atmosphère !
— Alors, papi Paul ? Y a quoi dans la caisse ?

La tension retombée et sentant la curiosité des enfants, il finit par se lancer.
— Eh bien, puisque le Père Noël est avec nous cette année, je me suis dit que je pouvais faire quelques figurines pour que vous puissiez les vendre lors de votre marché de Noël. Lucas, le grand frère de Nathan, m'a bien aidé ! Même s'il n'a pas la moitié du niveau des lutins du Pôle Nord !

Et Bim ! Chacun son tour ! Un partout ! Ah, ces deux-là, ils se sont vraiment bien trouvés !

Tous les enfants s'approchent, cette fois. Incroyable ! Il y a dans les caisses des dizaines de superbes petites décorations, comme celles que Paul m'offre tous les ans ! Ils ont fait un travail magnifique ! Mes petits élèves découvrent les objets avec des grands « waouh !!! » émerveillés ! Eux, tellement habitués aux objets en plastique froids et éphémères, sont captivés par ces petites choses créées par les mains de nos deux artistes.
— Qu'est-ce qui se passe ma puce ?
— Mais… Si le Père Noël est ici et que son traineau est cassé et que Monsieur le maire veut enfermer Éclair, il n'y aura pas de Noël pour tous les enfants du monde cette année !

Je sens que je vais me mettre à verser une larme avec elle… Mais Paul s'agenouille près d'elle :

— Fais-moi confiance ! Je crois que je vais pouvoir le réparer dans peu de temps ! Et puis, j'ai un apprenti maintenant !

Il fait un clin d'œil à Lucas qui lui répond par un sourire. Lucie retrouve le sien.

— D'ailleurs papi, on a encore pas mal de boulot, si tu vois ce que je veux dire ! Et on a besoin de Tonton Jean !

— Toujours prêt ! On se retrouve à la fête, les enfants !

Je me demande ce qu'ils ont encore dans la tête ces trois-là… Quoi qu'il en soit, notre petit trio s'éclipse pendant que nous terminons gaiement nos décorations et l'installation de nos stands.

Noël avant l'heure

C'est magnifique ! Magique !
Jamais nous n'avons eu un si beau marché et une ambiance aussi festive ! Il y a un monde fou ! Les guirlandes créées par les enfants avec le Père Noël inondent les allées. Les petits gâteaux s'arrachent grâce aux nouvelles recettes de Julie. Des mini-lutins à bonnets rouges courent partout autour du sapin que Paul a déniché dans le parc avec l'autorisation des services municipaux, ravis de pouvoir rendre service à celui qui les aide tant tout au long de l'année. L'arbre sera en plus replanté dans la cour de récréation avec les enfants. Les chants de Noël diffusés par la petite sono de l'école sortie par Christine, terminent de plonger les visiteurs dans une bulle hors du temps !
A propos de visiteurs, il a fallu du temps au maire pour décolérer de notre traquenard ! Lorsque les habitants présents ont compris ce qu'il comptait faire du camion, ils ont suivi le convoi, enfin libéré au bout d'une bonne demi-heure,

jusqu'à l'enclos des rennes. Enfin…des daims. Je m'y perds !

Ce fut un tonnerre d'applaudissements et des cris de joie quand tout ce beau monde a découvert que l'animal avait disparu et qu'il ne serait pas enfermé dans une cage, ou emmené on ne sait où. Avec une certaine déception tout de même de ne plus avoir le plaisir de l'admirer.

Il y en a un pourtant qui était plus que déçu ! Dans une colère noire, même ! Julie, encouragée par Nathan à se rendre sur place, nous a raconté la scène : il faisait les cent pas à chercher derrière chaque daim les traces du cervidé. Il a fini par s'en prendre aux gendarmes en les invectivant et en leur ordonnant de faire quelque chose. C'en était trop pour eux ! Non seulement ils n'avaient aucune envie au départ de déloger Éclair, mais en plus, ils se faisaient insulter !

— Ça suffit maintenant ! Vous n'avez pas à nous donner d'ordres ! Nous étions mandatés pour escorter le transfert d'un renne potentiellement dangereux jusqu'au cirque Pindus. Pas de renne, pas de transport et plus de danger. Donc, notre mission est annulée. Monsieur, vous pouvez ramener votre camion. La mairie vous dédommagera pour votre déplacement.

Il y eut une nouvelle salve d'applaudissements et tout le monde laissa le maire seul à son désarroi devant l'enclos. Depuis cet épisode, autant dire que la future réélection de ce dernier est fortement compromise.

Voilà certainement pourquoi il vient se montrer au marché de Noël avec un grand sourire, un peu forcé, il faut bien le dire. Il salue à tire larigot, ébouriffe les têtes des enfants qui semblent bien agacés par ce geste.

Le père de Simon, aussi bout en train que son fils, ne peut s'empêcher de lui proposer un serre-tête… avec des bois de rennes !! Evidemment, il ne peut pas refuser. Les appareils photo crépitent ! Hilarité totale !

Mais c'est à notre tour d'entrer en scène. C'est le moment de chanter. Je suis un peu déçue, je pensais que Paul, Lucas et Jean viendraient nous écouter. J'espère que tout va bien à la grange… Heureusement, je peux compter sur Alex et Milo !

Les enfants sont formidables ! Ils ont gardé leur sérieux jusqu'à la dernière note et les spectateurs sont totalement sous le charme.

« ding, ding, ding ! »
— HO, HO, HO ! Quels beaux chants j'entends là !

Quoi ? Mais… Ce n'est pas possible ! Ils ont osé ? Mais oui ! Je ne rêve pas ! Le Père Noël, le vrai, en chair et en os, dans son bel habit rouge vient de débarquer accompagné de Paul et Lucas, dans son traineau, tiré par Toufic et Éclair ! Il n'y a plus aucun bruit à part les grelots des rennes. Le temps est suspendu… Les yeux sont écarquillés, ils brillent et on peut voir quelques petites larmes chez certains adultes, qui se rappellent sans doute qu'ils ont un jour été des enfants…

Les miennes, je ne les retiens pas. C'est un moment merveilleux que je ne veux jamais oublier !

— PÈRE NOËL !

Le silence est rompu par des dizaines d'enfants qui se ruent sur le traineau ! Mon ami distribue des friandises et des petits jouets en bois à tous les bambins qui courent les montrer à leurs parents. La magie de Noël…

La ferveur apaisée, je retrouve mon Père Noël avec émotion.

— Merci ! Je ne sais pas quoi dire ! Ce sera le plus beau Noël de la vie de ces enfants et avant l'heure en plus !

— C'était un grand plaisir ! Cela faisait longtemps que je n'avais pas rendu visite aux enfants. Je me rends compte que cela me manquait.

Je descends soudain de mon nuage.

— Mais… Les rennes… Le traineau… Maintenant le maire sait tout ! Dès demain, il va rappeler les gendarmes ! Et il aura deux rennes pour le prix d'un !

— Ne t'inquiète pas ! Je pense qu'il a compris la leçon. Et quoi qu'il en soit, je serai parti demain.

— Quoi ? Mais… Comment… Enfin je croyais que tu n'avais plus de poussière magique et que personne au Pôle Nord ne savait où tu étais ?

— Oui, c'est exact, mais j'ai la certitude que maintenant, ils vont vite me retrouver !

Comment ça ? Mais de quoi parle-t-il ? Rien n'a changé ! Enfin si, tout a changé ! Notre village revit, les fêtes de Noël n'ont jamais été aussi belles et surtout, je ne suis plus seule !

Alex et Paul viennent nous interrompre.
— Il va falloir y aller. Les bêtes sont fatiguées et le maire commence à récupérer de sa surprise.
— Allez-y, on vous couvre avec les enfants.

Pas le temps de s'apitoyer, donc. Je réunis ma petite troupe de choc ! C'est Albertine qui prend les devants avec le plus grand sérieux. Elle sait si bien le faire ! Elle se dirige vers le maire et le prend par la main.
— Monsieur le maire, vous voulez bien chanter petit papa Noël avec nous pour lui dire au revoir et le remercier d'être venu dans notre beau village ?

Décidément, cette gamine a de la suite dans les idées ! Notre homme n'a plus le choix ! Entouré des petits chanteurs, il se voit dans l'obligation d'entonner l'hymne de Noël ! Son visage se détend peu à peu et il semblerait bien que, finalement, il y trouve un certain plaisir…

Aurait-on réussi à dégeler un peu son cœur glacé ? En tout cas, le traineau en profite pour s'éloigner sereinement.

Les Adieux

Après cette magnifique mais épuisante journée, nous voilà de retour à la grange. Après tout le rangement et le nettoyage, il est déjà 20 h 00. En entrant, je suis surprise de ne pas trouver le traineau.

— Où sont les rennes et Tonton Jean ?
— Ils sont derrière la maison pour détendre un peu Éclair et Toufic.

C'est à peine s'ils m'ont répondu et Lucas parait à la fois surexcité et soucieux… On verra ça plus tard. Je vais remercier mon ami et ses deux complices pour cette incroyable apparition à la fête.

— Tu parles tout seul maintenant ?

C'est ce que je croyais naïvement, mais je découvre au côté du Père Noël un petit bonhomme d'à peine un mètre de haut avec un chapeau pointu sur la tête. Ne me dites pas que…

— Bonjour Lisa ! Lutin Guimauve, à ton service ! Mais que tu as grandi ! Sauf des oreilles, je dois dire ! Toujours aussi ridiculement petites. Enfin, je m'excuse, déformation lutinesque ! Tu es très jolie ! Merci infiniment d'avoir sauvé Noël ! Tu es la reine des cœurs de tous les lutins du Pôle Nord, maintenant ! Une rue à son nom, ce ne serait pas mal, non ? T'en penses quoi Nono ?

— Je pense que tu devrais, comme toujours, modérer un peu ton débit de parole ! Regarde-la : elle n'arrive pas à en placer une !

— Oh oui, je sais, c'est plus fort que moi !

— Je… euh… oui… Bon… bonjour… mais… euh… comment…. Qu'est-ce que….

D'accord, pas très clair, mais il faut avouer que pour les surprises, cette semaine, c'était déjà du haut niveau, mais là, on passe un cap : Il y a un lutin dans mon jardin !

Heureusement, mon ami au manteau rouge est très perspicace.

— Comment est-ce que Guimauve m'a retrouvé et pourquoi il te remercie ? Eh bien, toutes ses personnes qui se sont rencontrées et qui se sont investies ensemble pour nous aider, cette fête merveilleuse qu'ils ont partagée, c'est toi qui as permis cette alchimie ! Ce village a retrouvé l'Esprit de Noël avec un grand N. Et une telle intensité, ça brille, ça irradie, ça se voit jusque chez nous, au Pôle Nord !

— Nous cherchions le Père Noël depuis plusieurs jours sans savoir où regarder, puisque ce gros nigaud n'avait pas daigné nous dire où il allait aller. Entre parenthèses, toi, tu vas te prendre une bonne avoinée par Mère Noël ! Bref. Lorsque nous avons vu une telle intensité d'Esprit de Noël,

nous avons vite compris qu'il ne devait pas être très loin. Et bingo ! Me voilà avec de la poudre à voler, des rennes en pleine forme (au fait, ça gaze Toufic ? Beau galop d'essai !) et un traineau encore plus beau qu'avant ! Beau boulot !
Par contre, il va falloir que tu reprennes quelques kilos, toi, t'as dû louper deux ou trois p'tits dejs aux gâteaux de Noël. Je te trouve un peu dégonflé…

— Merci pour toutes ces explications et considérations esthétiques, Guimauve !

Cette fois, mon silence n'est plus dû à la surprise : Je comprends soudain ce qui va se passer.

— Tu vas t'en aller, c'est ça ?

— Bien sûr ! C'est ce que nous voulions, n'est-ce pas ? Mission « accident de Noël » accomplie ! C'est le moment de nous dire au revoir !

Je sens sa grosse main toute douce essuyer une larme sur ma joue. Je ne l'avais même pas sentie couler.

— Mais qu'est-ce que je vais faire toute seule sans toi ?

— Toute seule ? Regarde autour de toi ! Tous ces nouveaux amis, ou devrais-je plutôt dire, cette nouvelle famille ? Vous avez tous ensemble des tas de beaux moments à vivre. Et puis, tu sais bien que je ne serai jamais très loin et que j'aurai un œil sur toi. Attention, si tu n'es pas sage, je t'enverrai le père Fouettard !

— Non ? Il existe, lui-aussi ?

Pour toute réponse, il me prend dans ses bras en riant avec son gros « Ho, Ho, Ho ! » Je n'ai pas eu ma réponse, mais finalement, je n'aime autant pas savoir.

Je me blottis contre son gros ventre et frotte ma tête sur sa barbe toute douce et nous restons longtemps ainsi…

C'est un choc qui soudain nous sépare brutalement : Un petit garçon, les yeux baignés de larmes vient de s'immiscer entre nous en sanglotant à ne plus pouvoir reprendre sa respiration. Nathan !

Mon ami le prend dans ses bras. Le petit le serre à l'étrangler et refuse de le lâcher.

— Mais oui, mon garçon, vas-y pleure, pleure tout ce que tu peux. Je crois que tu en as besoin…

Je suis également en larmes. Mon pauvre petit Nathan. Cette nouvelle séparation va lui briser le cœur… Epuisé, il finit par relâcher son étreinte et Noël me le confie. Il se laisse faire et pose, résigné, sa petite tête blonde sur mon épaule.

— Tu as le droit d'être triste, mais seulement pour un instant ! Tu sais que je ne t'oublierai jamais n'est-ce pas ? Et toi non plus ! Tu as quelque chose que peu de gens possèdent : un cœur immense qui peut contenir des milliers de souvenirs heureux. Ouvre-le ! N'essaie pas de retenir tout ce qui est à l'intérieur. Tu verras, tu n'oublieras rien, tout se transformera seulement en bonheur que tu pourras partager. Tu me promets d'essayer ?

Mon petit protégé fait un timide hochement de tête et tente un léger sourire. Et c'est un nouveau gros câlin à trois cette fois.

— Hem, hem… Vous êtes au courant qu'on a encore un ou deux trucs à faire d'ici trois jours !

Nous relâchons notre étreinte à regret et je constate que mon si joyeux camarade a finalement lui-aussi les yeux légèrement humides.

— Au revoir, Lisa, au revoir, Nathan, prenez bien soin de vous et des autres. Et, Lisa, n'oublie jamais la petite fille qui est en toi…

— Ah la la… C'est moi qu'on appelle Guimauve mais c'est lui qui a un cœur en chamallow ! Trop d'émotions ! Il est temps de partir !

— Je crois qu'il a raison, il faut vraiment que je m'envole. Embrassez-les tous pour moi et remerciez-les de tout cœur pour tous ces merveilleux moments. J'ai presque eu l'impression d'être en vacances ! Ho, Ho, Ho !!

Et nous partons dans un grand fou-rire qui nous fait oublier un peu notre tristesse.

— Oui, ben, allez, le vacancier ! Il va falloir se remettre sérieusement au boulot maintenant ! Salut tout le monde et Joyeux Noël !

Sur ces mots, Guimauve lance la poudre magique sur Éclair et Toufic, et mon vieux tonton Jean embarque. Un dernier regard et le traineau s'envole lentement tout auréolé d'une lumière dorée.

Au revoir Père Noël ! Et rentre à bon port cette fois…

Nos larmes séchées, nous rentrons retrouver nos amis. Paul nous interpelle.

— Ah vous voilà ! Mais où étiez-vous passés ? On vous attendait pour la surprise. Mais où est Jean ?

— Il est parti…

— Comment ça parti ?

— Chez lui.
— Mais… comment ?
— Avec son traineau.
— Mais qu'est-ce que tu racontes ? C'est une blague de Noël ? C'est ça ?
— Ouaf ! Ouaf !

Milo se précipite soudain à l'extérieur, immédiatement suivi de tous les autres. Je les rejoins et je les trouve incrédules devant le jardin abandonné. Comment leur expliquer ? Que leur dire ? Ils ne comprendraient pas, ils ne me croiraient tout simplement pas…

Mais, en levant la tête, à la lumière de la Lune nous apercevons tous une ombre qui déchire le ciel, laissant derrière elle une trainée dorée. Deux silhouettes de rennes, celle d'un gros bonhomme et un tintement de grelots si particulier…

Je regarde Julie, Alex, Paul et Lucas, qui restent là, la bouche grande ouverte. Ils n'arrivent pas à le croire. Et pourtant… Julie réussit enfin à articuler quelques mots.
— C'était vraiment…
— Le Père Noël ? Termine Paul.

Nous restons là encore quelques minutes le temps de voir disparaitre peu à peu la lumière dorée. Alex me prend discrètement la main.
— Joyeux Noël ! Me dit-il avec des yeux remplis d'étoiles…
— Aouhhhhhhh !

Milo lance un grand aboiement plaintif, signe que lui aussi a de la peine de perdre ses fidèles amis.

Tout ça est encore trop dur pour Nathan qui se précipite dans la grange en pleurant à nouveau. C'est Lucas qui, le premier, va le rejoindre et s'assoit à côté de lui sur la paille des rennes.

— Ça ne sera plus pareil sans lui, hein ?
Le petit secoue la tête.
— Mais moi, je suis encore là ! Et je ne te laisserai jamais tomber ! Et puis, j'y connais pas grand-chose au Pôle Nord, mais je suis sûr qu'il y a un moyen de lui envoyer des messages et peut-être même de lui parler.

Nathan lève les yeux encore plein de larmes vers son frère en hochant la tête.
— Tu m'apprendras tout sur le Père Noël, Ok ? Mais en attendant, Paul et moi, on a une surprise pour toi !

Une surprise ? Soit ! On aurait bien besoin d'un peu de bonne humeur après toutes ces émotions. Mais je me demande bien ce que ça peut être ! Paul ne tient visiblement pas en place ! Lucas prend la parole.
— Nathan, maman, j'ai été plus qu'odieux cette année avec vous deux. Mon comportement est impardonnable et papa aurait vraiment été déçu de moi. Je ne peux pas revenir en arrière, mais je vous promets de tout faire pour changer et pour que vous soyez fiers de moi. Et si ce n'est pas le cas, Paul m'a bien fait comprendre qu'il ne se gênerait pas pour me mettre un bon coup de pied aux fesses. Pas vrai papi ?
— Je n'attends que ça !
— Je ne pensais vraiment pas que j'allais rencontrer le Père Noël, enfin, j'en suis encore pas

vraiment convaincu ! C'est dingue ce truc, non ? C'est pas une caméra cachée ou un truc du genre ? Bref. Il m'a rappelé combien papa aimait Noël et combien on était heureux tous les quatre en cette période. Alors, avec l'aide de Paul, j'ai décidé de te faire un cadeau un peu spécial, Nathan, pour que tu n'oublies jamais ces moments.

— Rectification ! Je n'ai fait que superviser. Lucas a tout réalisé lui-même.

— Vas-y Nathan, soulève le drap !

Le petit garçon ne se fait pas prier. Sous le tissu apparait une superbe luge en bois sculpté avec de magnifiques motifs. Incroyable ! C'est plus qu'une luge, c'est un véritable traineau miniature. Je sens Julie au bord de l'évanouissement.

— Lucas, c'est…

— Oui, maman, j'ai terminé la luge que nous avions commencée avec papa. Et elle est pour toi, Nathan.

— Mais… Quand as-tu fait tout ça ?

— Tous les soirs avec Paul. On ne faisait pas que des figurines !

— Julie, ce garçon a un affreux caractère, mais il a de l'or dans les mains.

— C'est un véritable chef-d'œuvre !

Alex a raison. J'ai rarement vu quelque chose d'aussi beau ! Subjugués par ce travail d'orfèvre, on en avait oublié Nathan.

Il s'est approché et caresse avec douceur le mini-traineau. Voilà qu'il se précipite dans les jambes de son frère. Sans pleurer cette fois !

— Merci grand frère !

Silence…

— Nathan ? Tu as parlé ?

— Je t'aime maman !

Bon, eh ben voilà ! Câlins mouillés en perspectives ! Le petit garçon a enfin réussi à ouvrir son cœur comme le lui avait suggéré papa Noël tout à l'heure et c'est son frère, apparemment, qui en possédait la clé… Plus personne n'a envie de dire quoi que ce soit cette fois, comme par crainte d'oublier le joli son que l'on vient d'entendre… La vraie magie de Noël…

— Ouaf ! Ouaf !

Milo nous fait redescendre un peu sur terre. Il vient de prendre dans la gueule quelque chose qui était accroché à la luge.

— Les clochettes d'Éclair !

— Et bien Lucas, je pense que quelqu'un ne nous a pas attendu pour voir la surprise ! Et je crois que ce petit cadeau prouve que ton mini traineau est digne de figurer dans les véhicules officiels de la collection « Pôle nord » ! Pas vrai Milo ?

— Ouaf ! Ouaf !

La fête, les cadeaux surprises, les émotions…Tout ça m'a épuisée !

— Dites-moi, il reste encore une journée d'école avant les vacances, nous devrions peut-être aller nous coucher.

— Oui, c'est vrai !

— Bonne nuit maitresse.

— Elle va être très bonne, j'en suis sûre ! Bonne nuit Nathan.

Je vais donc rejoindre ma maison, seule, mais bercée par la douce voix retrouvée de mon petit Nathan.

Un beau rêve

Et quelle fut bonne, en effet, cette nuit ! J'ai fait un si beau rêve : un magnifique chalet au fin fond du Pôle Nord. Paul et Lucas travaillant de concert avec des lutins sur un nouveau modèle de traineau, Julie dans la cuisine apprenant consciencieusement les recettes secrètes de Mère Noël, Alex, faisant un check-up à chacun des rennes sagement alignés attendant leur tour sous la bonne garde de Milo, Nathan dévalant les pistes sur sa belle luge, accompagné par les apprentis lutins.

Et moi, emmitouflée sous les flocons de neige, partageant un chocolat chaud avec mon ami au manteau rouge devant un petit bûcher improvisé…

Le réveil n'est pas si chaleureux et il n'y a pas ce matin la bonne odeur du fameux chocolat chaud à laquelle je m'étais habituée. Seule dans ma maison vide, je me contente d'avaler un café rapide avant d'aller en classe. Cette journée s'annonce un peu morose…

Et pourtant…Devant l'école, m'attend mon cher Alex.

— Je viens juste te souhaiter une bonne journée avant d'aller travailler.

Cela ne commence finalement pas si mal ! Avant de pouvoir lui répondre, je suis assaillie par mes élèves me demandant où est le Père Noël. Encore une fois, je n'ai pas le temps de répondre.

C'est Nathan, à peine arrivé, qui prend la parole à la surprise générale !

— Venez, je vais vous raconter !

Voilà que les rôles s'inversent ! Ce sont les copains cette fois qui restent sans voix !

— Me regardez pas comme ça ! Vous voulez savoir ou pas ? Mais je vous préviens, c'est top secret !

Et c'est parti pour un résumé en règle sans omettre aucun détail ! Pas même cette petite phrase lancée discrètement pendant que j'ai le dos tourné, mais que mes oreilles supersoniques réussissent à capter…

— Et puis, vous savez, et ben je crois bien que la maitresse et Alexandre, ils sont amoureux !

Comment ça ? Dis-donc mon coco, tu ne manques pas d'air ! C'est vrai que je l'aime plutôt bien… Pas mal même… Enfin… Bref ! Il est temps de mettre un terme aux explications de Nathan et de passer à autre chose !

Mais des explications, il va falloir en trouver d'autres ! Parce que le maire qui vient de débarquer à 11 h 30, ne se contentera pas des histoires des enfants (et puis d'abord, on a bien dit que celles-là étaient strictement top secrètes !)

Après l'article dans la presse locale vantant le succès de notre spectaculaire fête de Noël, avec la venue du « vrai » Père Noël dans ce petit village, notre élu est soudainement devenu en une nuit un fervent défenseur des fêtes de fin d'années : il veut créer un enclos pour les rennes, exposer le traineau à la mairie et demander à mon « tonton Jean » de signer un contrat d'exclusivité pour sa présence l'année prochaine.

— Je peux rencontrer votre oncle ?

— Ah, je crains que ce ne soit pas possible. Il est parti hier.

— Parti ? Mais où ça ?

— Chez lui, au Pôle nord !

— Je vous demande pardon ?

— Je plaisante ! Dans le nord, il est retourné à son élevage. Il a d'ailleurs réussi à trouver un ami capable de rapatrier les rennes. Il a fait vite pour ne plus vous ennuyer avec ces bestioles dangereuses !

— Ah… Euh… Je vois… Et comment puis-je le contacter ?

— C'est compliqué dans son coin perdu ! Il n'y a ni internet, ni téléphone. Le premier village est à plusieurs kilomètres de sa ferme et il n'a pas de voiture.

— Ça existe encore des endroits comme ça à notre époque ?

— Vous n'imaginez même pas tout ce qui existe et que vous ne pourriez pas croire…Mais faites donc un courrier, je tenterai de lui faire parvenir, mais je ne vous promets rien !

— Très bien.

— Mais, Monsieur le Maire, si je puis me permettre, vous n'avez pas besoin de mon oncle pour perpétuer l'Esprit de Noël, vous avez quelques centaines d'administrés qui seraient ravis de transformer ce village chaque année au moment de Noël si vous-même vous les y encouragiez !
— Oui, bon… Eh bien… oui, je verrai ce que je peux faire.

Avant son départ, Christine ne peut s'empêcher d'ajouter un petit mot gentil…
— Et du coup, cette année, vous aurez peut-être une orange sous le sapin au lieu du morceau de charbon habituel et qui vous sert généralement de cœur.

Vlan ! Il ouvre la bouche pour répliquer, mais finalement, il préfère tourner les talons, vexé et à nouveau rouge de colère !

Cela nous vaut un sacré bon fou-rire !

L'après-midi passe joyeusement et la fin des cours se termine par l'arrivée remarquée de Lucas et sa maman, venus tous les deux chercher Nathan avec la « luge-traineau ». Un véritable succès ! Les enfants se battent pour pouvoir faire un tour. Quant à Lucas, il passe en un instant du statut de délinquant notoire à celui d'ébéniste de génie en herbe.

Et nous voici maintenant, tous ensemble, autour d'une table bien garnie préparée par Paul et

Julie dans la grange. Un pré-Noël deux jours avant le Réveillon, que nous avons décidé de reconduire chaque année pour se souvenir de notre incroyable aventure…

Parce qu'au fond, qui aurait pu croire qu'une maitresse d'école, un vieux grincheux, un enfant muet, un ado en crise, une maman désespérée, un vétérinaire aux yeux clairs et son chien mollasson, réussiraient à sauver Noël et deviendraient amis pour la vie ?

Hôpital Saint Nicolas, Chambre 2412
23 décembre, 23h10

Père Noël,
Quelque part au pôle Nord

Mon cher Père Noël,

Voilà déjà un an que tu es littéralement tombé du ciel sur le toit de ma maison et que tu as bouleversé ma vie !

Je constate avec plaisir qu'il n'en a pas été de même cette année, enfin, j'espère ! J'espère aussi que Toufic, Éclair et les autres sont en forme pour le grand jour et que Guimauve a bien préparé le traineau.

Paul est en train lui-même d'en construire un avec Lucas, ou plutôt, il assiste ce dernier dans son travail de fin d'année. Ce beau jeune homme est en effet entré dans une école d'ébénisterie et il est haut la main, le premier de sa classe. Julie est si fière de lui...

Je la vois tous les jours. Après son aide précieuse l'an dernier, Christine lui a suggéré de passer le concours pour être Atsem. Elle aide maintenant les petits de maternelle dans notre école. Elle est belle quand elle sourit ! Comme Nathan !

Lui, il s'est découvert des talents d'acteur et s'est mis dans la tête, avec Albertine, de créer une pièce de théâtre sur une drôle d'histoire de Père Noël qui aurait un accident de traineau. Je me demande bien où ils sont allés chercher une histoire pareille, pas toi ?

Cette année, notre marché de Noël a été encore une fois très réussi ! Il faut dire que depuis l'an dernier, notre village est devenu une référence en terme de fête de fin d'année ! Christine en a profité pour demander une bonne petite subvention au maire pour l'occasion, qu'il n'a bien entendu, pas pu refuser ! Mais je crois qu'il commence finalement à y prendre goût...

Paul fait régulièrement des ateliers menuiserie pour les enfants tout au long de l'année. Il a l'air de se sentir particulièrement bien à l'école, entouré de tous ces « marmots » comme il dit. Mais il semble également beaucoup apprécier les pause-café qu'il partage avec Christine...

Quant à moi, j'ai malheureusement loupé notre fête de « pré-Noël ». Comme tu as dû le remarquer en haut de cette lettre, je t'écris depuis une chambre d'hôpital. Je vais très bien, rassure-toi. Mais il se trouve qu'il y a quelques mois, avec Alex, nous avons eu, nous aussi, un petit accident... Un bien joli accident, en fait... Un bébé a rejoint notre petite bande... Notre petite fille est née avant-hier, le jour de notre fête ! Jolie coïncidence, Tu ne trouves pas ?

C'est une merveille ! Mais, suis-je bête, tu dois certainement déjà être au courant ! Il y a sûrement un nouveau prénom qui vient de s'ajouter à ta liste des enfants sages.

Ce prénom, nous l'avons choisi en souvenir de notre vieux « tonton Jean » qui nous a rendu visite l'an dernier.

Alors quand ma petite Noélie sera en âge de boire du chocolat chaud, je lui parlerai de ce gros bonhomme qui nous manque tant... Et chaque soir de Noël, nous resterons devant la fenêtre en espérant te voir passer, alors, s'il te plaît, fais-nous un petit signe !

Je t'embrasse bien fort, prends soin de toi !

Lisa

Remerciements

Cette histoire a une saveur particulière pour moi. Elle est née un peu par hasard, un peu comme un petit défi de Noël, sans trop savoir où elle allait me mener, ni même comment elle allait se terminer…

Mais devant l'engouement qu'elle a suscité, je me devais de lui donner vie dans un livre.

Je remercie donc avant tout, les premiers lecteurs de cette aventure qui ont attendu patiemment chaque semaine l'écriture d'un nouveau chapitre et dont les nombreux messages m'ont donné tant de plaisir à l'écrire…

Merci à mes parents, qui ont toujours fait de nos fêtes de Noël d'enfance des moments incroyablement magiques et inoubliables !

Merci à ma fidèle Sandrine, lectrice, relectrice, critique et soutien sans faille.

Merci à mes enfants et à mon mari qui m'encouragent dans mes projets, me suivent dans mes délires et acceptent de cohabiter avec mon petit « hamster » déjanté !

Et merci à tous les rêveurs qui liront ces lignes et qui font que le monde n'est tout compte fait pas si « moche » quand on veut bien y mettre un peu de magie…